CB051338

O ALEIJADO DE INISHMAAN

Martin McDonagh

O ALEIJADO DE INISHMAAN

Organização e introdução
Beatriz Kopschitz Bastos

Tradução e posfácio
Domingos Nunez

ILUMI//URAS

Título original
The Cripple of Inishmaan

Capa e projeto gráfico
Eder Cardoso / Iluminuras

Imagem de capa
Sem título, 2023, Samuel Leon
óleo sobre tela, [fragmento modificado digitalmente].

Preparação de texto
Jane Pessoa

Revisão
Eduardo Hube

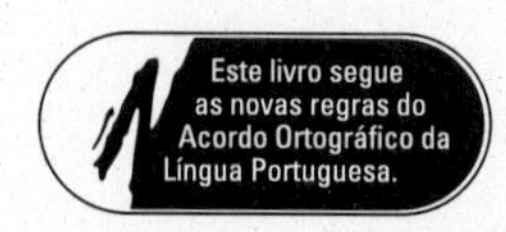

CIP-BRASIL. CATALOGAÇÃO NA PUBLICAÇÃO
SINDICATO NACIONAL DOS EDITORES DE LIVROS, RJ
M118a

McDonagh, Martin, 1970-
O aleijado de Inishmaan / Martin McDonagh ; organização e introdução Beatriz Kopschitz Bastos ; tradução e posfácio Domingos Nunez. - 1. ed. - São Paulo : Iluminuras, 2024.
152 p. ; 21 cm.

Tradução de: The cripple of Inishmaan
ISBN 978-65-5519-236-0

1. Pessoas com deficiência e artes cênicas. 2. Teatro irlandês. I. Bastos, Beatriz Kopschitz. II. Nunez, Domingos. III. Título.

CDD: 828.99152
24-93917 CDU: 82-2(417)

Meri Gleice Rodrigues de Souza - Bibliotecária - CRB-7/6439

2024
ILUMINURAS
desde 1987

Rua Salvador Corrêa, 119 | Aclimação, São Paulo/SP
04109-070 | Telefone: 55 11 3031-6161
iluminuras@iluminuras.com.br
www.iluminuras.com.br

SUMÁRIO

INTRODUÇÃO

Beatriz Kopschitz Bastos

Personagens com deficiências povoam o teatro irlandês moderno e contemporâneo. Este livro integra um projeto que oferece ao leitor uma seleção de peças irlandesas com protagonismo de pessoas com deficiências, traduzidas para o português do Brasil: *O poço dos santos* (*The Well of the Saints*, 1905), de John Millington Synge; *O aleijado de Inishmaan* (*The Cripple of Inishmaan*, 1997), de Martin McDonagh; *Knocknashee, a colina das fadas* (*Knocknashee*, 2002), de Deirdre Kinahan; *Controle manual* (*Override*, 2013), de Stacey Gregg; *Luvas e anéis* (*Rings*, 2010) e *Padrão dominante* (*Mainstream*, 2016), ambas de Rosaleen McDonagh.

O projeto insere-se na pesquisa orientada pela prática desenvolvida no Núcleo de Estudos Irlandeses da Universidade Federal de Santa Catarina, em associação com o Humanities Institute de University College Dublin, considerando a representatividade de pessoas com deficiências no teatro. A expressão "pesquisa orientada pela prática" refere-se "à obra de arte como forma de pesquisa e à criação da obra como geradora de entendimentos que podem ser documentados, teorizados e generalizados" (Smith e Dean, 2009, p. 7, minha tradução). O projeto contempla, portanto, produções artísticas, além de pesquisa teórica, traduções, publicações e eventos acadêmicos.

Assim, em 2023, celebrando vinte anos de fundação, a Cia Ludens, companhia de teatro dedicada ao teatro irlandês, dirigida por Domingos Nunez, em parceria com o Núcleo de Estudos Irlandeses da UFSC e a Escola Superior de Artes Célia Helena, coordenada por Lígia Cortez, promoveu um ciclo de leituras com o tema "Teatro irlandês, protagonismo e deficiência", bem como a montagem de *Luvas e anéis*, de Rosaleen McDonagh, em tradução de Cristiane Bezerra do Nascimento, com temporada no Sesc São Paulo. Vale dizer que, além de contar com produções de peças irlandesas e de um texto de autoria de Nunez em seu catálogo, a Cia Ludens realiza ainda ciclos de leituras e encenações online. Desde 2003, a companhia tem se apresentado em São Paulo e viajado em turnê pelo Brasil — e até para a Irlanda!

Veicular peças irlandesas de excelência artística com o tema do protagonismo de pessoas com deficiências, explorar as diferentes estéticas dramatúrgicas dessas peças e fomentar conexões com o contexto sociocultural do Brasil contemporâneo, contando com a participação de pessoas com deficiências na elaboração das publicações e na realização das produções, na condição de autores, tradutores, diretores, atores e equipe de criação, são alguns dos objetivos desse projeto.

Quanto à pesquisa teórica, privilegiou-se a crítica sobre teatro e deficiência. A leitura e discussão de textos tratando do tema permitiram um olhar mais abrangente sobre o assunto, para além das peças selecionadas, que possibilitasse a formulação de objetivos específicos, gerando reflexões sobre capacidade, acessibilidade e diversidade funcional.

Kirsty Johnston, em *Disability Theatre and Modern Drama* (2016, p. 35), discute o termo "*disability theatre*":

> *Disability theatre* [...] não designa um único padrão, modelo, local, uma única experiência com a deficiência, ou um único meio de produção teatral. Ao contrário, o termo emergiu em conexão com o movimento das artes e cultura que consideram a deficiência [...] na re-imaginação do termo em contextos geográficos, socioeconômicos e culturais diversos. [...] *Disability theatre* busca desestabilizar tradições de performance, primeiro e, principalmente, com quem está no teatro, no palco e fora dele. (Minha tradução)

No caso do teatro irlandês, Emma Creedon argumenta, no artigo "Disability, Identity, and Early Twentieth-Century Irish Drama" (2020, p. 64), que a representação da deficiência no drama do Renascimento Irlandês do início do século XX "contava tradicionalmente com estruturas de interpretação corporal limitadas a narrativas de representação", com personagens "frequentemente identificados apenas por sua deficiência" — como Homem Cego, Mendigo Manco e Aleijado Billy. Creedon nota ainda que, no período contemporâneo, há "poucos exemplos na Irlanda e, na verdade, internacionalmente, de teatros que busquem atores com deficiências para esses papéis, ou de seleção de elencos que não considerem capacidades" (minha tradução).

Também Christian O'Reilly, dramaturgo irlandês dedicado ao tema da deficiência em grande parte de sua obra, e o ator com paralisia cerebral, Peter Kearns, em entrevista na RTE (2022), a rede nacional de rádio e TV da Irlanda, apontam para o fato de que há poucos atores profissionais com deficiências na Irlanda, pois eles não recebem treinamento nem oportunidades. A prática no teatro irlandês tem sido selecionar atores não deficientes para papéis de personagens com deficiências, o que tem gerado debate sobre inclusão e representatividade nas artes. Pode-se ainda acrescentar que o recrutamento de equipe técnica com deficiências e a visibilidade do trabalho de dramaturgos com deficiências são insuficientes.

Efetivamente, Rosaleen McDonagh (2013), em entrevista a Katie O'Reilly, comenta sua trajetória como escritora:

> Quando eu estava em Londres, nos anos 1990, assistindo muito a *Disability Arts*, a atração pelo teatro começou. De volta a Dublin, comecei a questionar onde estavam as pessoas com deficiência ou a cultura da deficiência? [...] Foi nesse ponto que comecei a escrever minhas próprias peças em silêncio. Convidava amigos para jantar, enchendo-os de comida e alegria, na esperança de que eles lessem minhas peças. Quinze anos escrevendo em silêncio. (Tradução de Cristiane Nascimento)

A realidade na Irlanda verifica-se também no Brasil. O projeto, como um todo, questiona e desafia tradições de dramaturgia e performance calcadas na capacidade, e as produções se propõem a reimaginar e discutir a deficiência no teatro — "no palco e fora dele" —, em nosso próprio contexto geográfico, cultural e socioeconômico, conforme Kirsty Johnston.

Os conceitos de deficiência abordados por Petra Kupers, em *Theatre and Disability* (2017, p. 6), e as questões formuladas por ela foram diretrizes vitais para a concepção e o desenvolvimento da pesquisa orientada pela prática:

> — deficiência como experiência — como podemos tornar centrais as experiências de pessoas com deficiências, concentrando-nos na sensação de ser diferente em corpo ou mente?
> — deficiência em público — o que acontece quando essas diferenças entram em mundos sociais, e quando o status minoritário de alguns se torna aparente? [...]
> — deficiência como narrativa — como a deficiência produz significado nas narrativas, no palco, da história do teatro?
> — deficiência como espetáculo — como pessoas com deficiências — e sem — mobilizam o status singular da deficiência como uma ferramenta poderosa? (Minha tradução)

Essas perguntas nortearam parte do trabalho de mapeamento e escolha de peças para o projeto, que busca, justamente, respondê-las. O catálogo de peças selecionadas prevê obras do chamado Renascimento Irlandês do início do século XX, do período de expansão econômica no fim do século XX — em que a Irlanda ficou conhecida como Tigre Celta —, e do século XXI, evidenciando a autoria feminina e de minorias hoje. O recorte temporal também enfatiza a participação de pessoas com deficiências na produção contemporânea e como personagens com deficiências têm sido representados desde a fundação do Abbey Theatre — o Teatro Nacional da Irlanda em Dublin —, em 1904, até o momento atual.

As peças e autores a seguir integram o projeto final:

O POÇO DOS SANTOS (1905)
de John Millington Synge (1871-1909)

Em tradução de Domingos Nunez, essa peça fez parte do repertório original do Abbey Theatre. Um estudo tragicômico do conflito entre ilusão e realidade, a peça mostra um casal de idosos cegos, Martin e Mary Doul, no condado de Wicklow, cuja cegueira é temporariamente curada por um "santo" que chega ao local. Desiludido com o milagre da cura, o casal faz uma escolha inesperada. A peça é considerada um trabalho à frente de seu tempo, e o teatro de Synge é, de certa forma, reconhecido como precursor do teatro de Samuel Beckett e Martin McDonagh.

John Millington Synge foi um dos principais dramaturgos do Renascimento Irlandês. Nascido no condado de Dublin, Synge fez várias viagens às ilhas Aran, no remoto oeste da Irlanda, onde coletou material primário para suas peças em inglês, recorrendo a ritmos e sintaxe próprios do irlandês, forjando seu característico dialeto hiberno-inglês para o teatro. Nas palavras de Declan Kiberd (1993, p. xv), "o encantamento mortal do dialeto de Synge é a beleza que existe em tudo o que é precário ou moribundo. [...] Aqueles elementos de sintaxe e imagens trazidos de uma tradição nativa por um povo que continua a pensar em irlandês, mesmo que fale inglês" (minha tradução). Synge privilegiou o modo tragicômico em sua obra, compondo peças seminais na formação do teatro irlandês moderno e contemporâneo, como *The Shadow of the Glen* (1903), traduzida como *A sombra do desfiladeiro*, por Oswaldino Marques, em 1956; *Riders to the Sea* (1904); *The Tinker's Wedding* (1909); e *The Playboy of the Western World* (1907), traduzida como *O prodígio do mundo ocidental*, por Millôr Fernandes, e publicada em 1968.

O ALEIJADO DE INISHMAAN (1997)
de Martin McDonagh (1970-)

Também em tradução de Domingos Nunez, a peça se passa em 1934, em uma das três ilhas Aran: Inishmaan. Os habitantes da ilha tomam conhecimento de que o diretor de cinema americano, Robert Flaherty, chegará à ilha vizinha, Inishmore, para filmar o documentário *Man of Aran*. Billy, rapaz órfão com deficiência física, chamado pelos habitantes da ilha de Aleijado Billy, decide se candidatar a figurante no filme. Billy consegue ir para Hollywood com a equipe de filmagem, mas apenas para descobrir que tudo seria bem diferente de seu sonho. Sua volta para a ilha também guarda surpresas devastadoras. Muito característicos do teatro de Martin McDonagh, elementos de violência e humor ácido destacam-se na peça.

Martin McDonagh é um premiado dramaturgo, roteirista, produtor e diretor nascido em Londres, filho de pais irlandeses. Seu material dramático, assim, é principalmente de inspiração irlandesa. Suas peças mais conhecidas, de grande sucesso internacional, são as que compõem a chamada trilogia de Leenane — *The Beauty Queen of Leenane* (1996), traduzida como *A Rainha da Beleza de Leenane* e produzida no Brasil em 1999, *A Skull in Connemara* (1997) e *The Lonesome West* (1997) — e as peças da trilogia das ilhas Aran — *The Cripple of Inishmaan* e *The Lieutenant of Inishmore* (2001). A terceira obra da trilogia de Aran foi produzida como filme em 2022: o premiado *Os Banshees de Inisherin*. Conforme já assinalado, o teatro de Martin McDonagh, considerado provocativo e controverso, caracteriza-se pelo uso de violência e crueldade física e psicológica. A exemplo de Synge, McDonagh também costuma privilegiar o tragicômico e o uso do hiberno-inglês. Para Patrick Lonergan (2012, p. xvi), a obra de McDonagh "tem atravessado fronteiras nacionais e culturais sem esforço, o que o torna um dramaturgo verdadeiramente global" (minha tradução).

KNOCKNASHEE, A COLINA DAS FADAS (2002)
de Deirdre Kinahan (1968-)

Em tradução de Beatriz Kopschitz Bastos e Lúcia K. X. Bastos, a peça se passa em um lugar fictício chamado Knocknashee, no condado de Meath. Patrick Annan, artista em cadeira de rodas, Bridgid Carey, personagem em um programa de reabilitação para dependentes químicos, e Hugh Dolan, personagem com questões relacionadas à saúde mental ligadas a seu passado, encontram-se por ocasião da tradicional festividade da Véspera de Maio, em cuja noite, supostamente, um portal mítico para o mundo das fadas se abre. Patrick acredita poder passar para esse outro mundo naquela noite. Quando confrontado por Bridgid sobre seus motivos para desejar essa passagem, ele a surpreende com sua visão acerca da deficiência. Uma das peças menos conhecidas de Deirdre Kinahan, ainda não publicada no original em inglês, *Knocknashee* trata a questão da deficiência com respeito, além de abordar tradições irlandesas, bem como outros temas caros à autora.

Deirdre Kinahan, dramaturga nascida em Dublin, membro da Aosdána — prestigiada associação de artistas irlandeses —, emergiu na cena teatral irlandesa no início dos anos 2000 como uma voz original e marcante, com peças consideradas experimentais. Sua obra compreende temas como drogas, prostituição, saúde mental e envelhecimento, além de relações familiares marcadas por traumas e culpas, quase sempre, entretanto, "levando a uma nota positiva no fim, ou, pelo menos, que permita à plateia imaginar que alguma mudança para melhor [...] seja possível", conforme aponta Mária Kurdi (2022, p. 2, minha tradução). Dentre suas peças mais recentes, destacam-se *Halcyon Days* (2013), *Spinning* (2014), *Rathmines Road* (2018), *Embargo* (2020) e *The Saviour* (2021). Em 2023, *An Old Song, Half Forgotten* estreou no Abbey Theatre com grande aclamação da crítica e do público.

CONTROLE MANUAL (2013)
de Stacey Gregg (1983-)

Em tradução de Alinne Balduino P. Fernandes, a peça retrata um casal de jovens, Mark e Violet, em uma época em que o uso excessivo de tecnologia para corrigir imperfeições e deficiências físicas, ou simplesmente para aprimorar habilidades físicas, tornou-se prática possível e normal. O casal, entretanto, tenta resistir a esse fenômeno e à sociedade que o aprova e facilita. Enquanto Mark e Violet esperam o nascimento de seu primeiro filho, surgem revelações inesperadas e comprometedoras, que ameaçam seu mundo, seus corpos e seu relacionamento perfeito. "Quando o casal começa a desvendar seus segredos, há um sentimento de tristeza, mas também de alívio, por serem capazes de finalmente exteriorizar a verdade, cada um a partir da sua perspectiva", de acordo com Melina Savi e Alinne Fernandes (2023, p. 146, minha tradução). Uma distopia instigante, *Controle manual* convida espectadores e leitores a refletir sobre o que significa ser humano e sobre a perfeição humana em si.

Stacey Gregg é uma dramaturga, roteirista e diretora norte-irlandesa que atua no teatro, cinema e televisão. Sua obra levanta temas como tecnologia, robótica, pornografia, gênero e a história conturbada de sua cidade natal, Belfast. Seus filmes mais recentes incluem os longas *Ballywater* (2022, roteiro) e *Here Before* (2021, roteiro e direção); os curtas *Mercy* (2018, roteiro e direção) e *Brexit Shorts: Your Ma's a Hard Brexit* (2017, roteiro). Suas peças mais recentes são *Scorch* (2015), *Shibolleth* (2015), *Lagan* (2011) e *Perve* (2011).

LUVAS E ANÉIS (2012)
de Rosaleen McDonagh (1967-)

Em tradução de Cristiane Bezerra do Nascimento, a peça tem como personagem central Norah, pugilista surda, membro da comunidade da minoria étnica dos *travellers* — os nômades irlandeses —, que expressa seus pensamentos por meio da Língua Brasileira de Sinais. Ela divide a cena com o Pai que, não sabendo usar a linguagem da filha, se expressa por meio da fala. Construído pelos monólogos da filha e do pai, o dilema da peça está na decisão de Norah sobre seu próprio destino. O texto aborda temas como deficiência, feminismo e inclusão social.

PADRÃO DOMINANTE (2016)
também de Rosaleen McDonagh (1967-)

Em tradução de Cristiane Bezerra do Nascimento, a peça apresenta um grupo de amigos, da comunidade *traveller*, que cresceram em lares para pessoas com deficiências e ajudam uns aos outros na vida adulta. Enquanto respondem a perguntas, em frente a uma câmera, para um documentário feito por uma jornalista com deficiência, questões complexas vêm à tona. McDonagh, de acordo com Melania Terrazas (2019, p. 168), "usa a retórica da sátira, particularmente ironia, paródia e humor, para problematizar o próprio processo de escrita a fim de desconstruir ideias estagnadas sobre os *travellers* irlandeses, com especial atenção às mulheres" (minha tradução) e, acrescento, às pessoas com deficiências.

Rosaleen McDonagh é uma escritora pertencente à minoria étnica *traveller*, nascida com paralisia cerebral, em Sligo. Ela também faz parte da Aosdána e, por dez anos, trabalhou no Pavee Point Traveller and Roma Centre, no programa de prevenção à violência contra a mulher, cujo conselho ainda compõe. Sua obra para o teatro e rádio, bem como sua coletânea de ensaios, *Unsettled* (2020), versam sobre feminismo, deficiência e inclusão social.

Observa-se que algumas peças e autores bastante relevantes não compõem o *corpus* selecionado, como as de autoria de

William Butler Yeats, *On Baile's Strand* (1904), *The Cat and the Moon* (1931) e *The Death of Cuchulain* (1939), pois optamos por privilegiar o trabalho de John Millingon Synge, dentre os dramaturgos do chamado Renascimento Irlandês; de Sean O'Casey, *The Silver Tassie* (1928), peça sobre a Primeira Guerra, que se tornou inviável devido à dificuldade de obtenção de direitos autorais; de Brian Friel, *Molly Sweney* (1994), peça fundamental sobre a cegueira, mas cujo autor já teve sua obra bastante explorada pela Cia Ludens; e a obra de Samuel Beckett, por já ser bastante conhecida no Brasil. Cabe ressaltar que o projeto busca, dentro do possível, também o ineditismo. *No Magic Pill*, peça de 2022 sobre a vida do ativista irlandês com deficiência, Martin Naughton, escrita por Christian O'Reilly, também não foi incluída, por uma questão de tempo hábil.

O ineditismo e a significância do projeto residem em discutir a proeminência de pessoas com deficiências no teatro moderno e contemporâneo irlandês, além de sua participação efetiva como agentes de mudança em projetos teatrais e artísticos na Irlanda e no Brasil. A seleção de peças mostra a evolução gradual e o comprometimento dos dramaturgos com o tema, bem como o crescimento da participação de vozes femininas, de minorias étnicas e de pessoas com deficiências — todas extremamente originais na abordagem da questão.

O projeto apresenta peças do vibrante catálogo da dramaturgia irlandesa inéditas no Brasil e visa contribuir para o debate sobre a representatividade de pessoas com deficiências no teatro contemporâneo e no mercado de produção artística. Afinal, conforme aponta Elizabeth Grubgeld em *Disability and Life Writing in Post-Independent Ireland* (2020, p. 17), "as origens da deficiência não estão exclusivamente no corpo; deficiência [...] não é equivalente à tragédia; [...] e o mais importante, deficiência é social, política, econômica, geográfica — nunca simplesmente uma questão pessoal" (minha tradução). Promover esse tipo e grau de conscientização constitui, de fato, o objetivo precípuo do projeto e das publicações.

Este projeto conta com apoio do *Emigrant Support Programme*, do governo da Irlanda, e do Consulado Geral da Irlanda em São Paulo.

REFERÊNCIAS BIBLIOGRÁFICAS

CREEDON, Emma. "Disability, Identity, and Early Twentieth-Century Irish Drama". *Irish University Review*, n. 50, v. 1, pp. 55-66, 2020.

GREGG, Stacey. *Override*. Londres: Nick Hern Books, 2013.

GRUBGELD, Elizabeth. *Disability and Life Writing in Post-Independence Ireland*. Londres: Palgrave Macmillan, 2020.

JOHNSTON, Kirsty. *Disability Theatre and Modern Drama*. Londres: Bloomsbury Methuen Drama, 2016.

KEARNS, Peter. "*No Magic Pill: Thinking Differently about Disability on the Stage*". Entrevista concedida a Christian O'Reilly. RTE, 21 set. 2022. Disponível em: <https://www.rte.ie/culture/2022/0921/1323352-no-magic-pill-thinking-differently-about-disability-on-the-stage/>. Acesso em: 27 jul. 2024.

KIBERD, Declan. *Synge and the Irish Language*. 2. ed. Londres: The Macmillan Press, 1993.

KINAHAN, Deirdre. *Knocknashee*, 2002.

KUPERS, Petra. *Theatre and Disability*. Londres: Palgrave, 2017.

KURDI, Mária. "Introduction". *In: "I Love Craft. I Love the Word": The Theatre of Deirdre Kinahan*. Org. de Lisa Fitzpatrick e Mária Kurdi. Oxford: Carysfort Press; Peter Lang, 2022, pp. 1-7.

LONERGAN, Patrick. *The Theatre and Films of Martin McDonagh*. Londres: Bloomsbury Methuen Drama, 2012.

MCDONAGH, Martin. *The Cripple of Inishmaan.* Nova York: Vintage International, 1998.

MCDONAGH, Rosaleen. "*Rings*". *In*: MCIVOR, Charlotte; SPANGLER, Matthew. *Staging Intercultural Ireland: New Plays and Practitioner Perspectives.* Cork: Cork University Press, 2014, pp. 305-18.

______. *Mainstream.* Londres: Bloomsbury Methuen Drama, 2016.

______. "*20 Questions... Rosaleen McDonagh*". Entrevista concedida a Kaite O'Reilly, 17 set. 2013. Disponível em: <https://kaiteoreilly.wordpress.com/2013/09/17/20-questions-rosaleen-mcdonagh/>. Acesso em: 27 jul. 2024.

SAVI, Melina; FERNANDES, Alinne. "You're Like a Vegetarian in Leather Shoes: Cognitive Disconnect and Ecogrief in Stacey Gregg's *Override*". *Estudios Irlandeses*, n. 18, pp. 137-47, 2023. Disponível em: <https://doi.org/10.24162/EI2023-11472>. Acesso em: 27 jul. 2024.

SMITH, Hazel; DEAN, Roger T. (Ed.). *Practice-led Research, Research-led Practice in the Creative Arts.* Edimburgo: Edinburgh University Press, 2009.

SYNGE, J. M. "*The Well of the Saints*". *In*: ______. *Collected Works III. Plays Book I.* Gerrards Cross: Colin Smythe, 1988, pp. 69-131.

TERRAZAS, Melania. "Formal Experimentation as Social Commitment: Irish Traveller Women's Representations in Literature and on Screen". *Revista Canaria de Estudios Ingleses*, v. 79, pp. 161-80, 2019.

O ALEIJADO DE INISHMAAN

PERSONAGENS

Kate, sessenta e poucos anos.

Eileen, sessenta e poucos anos.

Johnnypateenmike, sessenta e poucos anos.

Billy, dezessete/dezoito anos. Aleijado.

Bartley, dezesseis/dezessete anos.

Helen, dezessete/dezoito anos. Atraente.

Babbybobby, entrando na casa dos trinta. Bonito, musculoso.

Doutor McSharry, entrando na casa dos quarenta.

Mammy, entrando na casa dos noventa.

CENÁRIO

Ilha de Inishmaan. 1934.

CENA UM

Um pequeno armazém rural na ilha de Inishmaan por volta de 1934. Uma porta na parede à direita. Um balcão estende-se ao fundo, atrás do qual estão penduradas prateleiras com produtos enlatados, a maior parte ervilhas. Um saco velho de estopa empoeirado está pendurado à direita deles, e à esquerda uma entrada conduz a um quarto dos fundos que não é visível. Um espelho se encontra pendurado na parede à esquerda, e uma mesa e uma cadeira estão posicionadas a poucos metros dele. Quando a peça começa, EILEEN OSBOURNE, sessenta e poucos anos, está colocando algumas latas nas prateleiras. Sua irmã KATE entra, vinda do quarto dos fundos.

KATE O Billy ainda não chegou em casa?

EILEEN Não, o Billy ainda não chegou em casa.

KATE Eu me preocupo tremendamente com o Billy quando ele se atrasa pra voltar pra casa.

EILEEN Eu bati o meu braço em uma lata de ervilhas preocupada com o Aleijado Billy.

KATE Foi o seu braço ruim?

EILEEN Não, foi o outro braço.

KATE Teria sido pior se você tivesse batido o seu braço ruim.

EILEEN Teria sido pior, mas ainda continua doendo.

KATE Agora você tem dois braços ruins.

EILEEN Bem, eu tenho um braço ruim e um braço com uma batida.

KATE A batida vai sumir.

EILEEN A batida vai sumir.

KATE E você vai ficar com o braço ruim.

EILEEN O braço ruim nunca vai sumir.

KATE Até o dia em que você morrer.

EILEEN Eu deveria pensar no coitado do Billy, que não tem apenas os braços ruins, mas as pernas ruins também.

KATE O Billy tem uma série de problemas.

EILEEN O Billy tem centenas de problemas.

KATE A que horas estava marcada essa consulta com o McSharry pra ver o peito dele?

EILEEN Não sei a que horas.

KATE Eu me preocupo tremendamente com o Billy quando ele se atrasa pra voltar pra casa, sabe?

EILEEN Você já disse essa frase uma vez.

KATE E eu não tenho o direito de repetir as minhas frases quando fico preocupada?

EILEEN Você *tem* todo o direito.

KATE (*pausa*) O Billy pode ter caído em um buraco com aqueles pés que ele tem.

EILEEN Com certeza o Billy tem noção suficiente pra não cair em buracos. Isso de cair em buracos está mais parecido com uma coisa que aconteceria com o Bartley McCormick.

KATE Você se lembra daquela vez que o Bartley McCormick caiu em um buraco?

EILEEN O Bartley McCormick é um tremendo imbecil.

KATE Ou ele é um imbecil ou não olha direito por onde anda. (*Pausa.*) O homem dos ovos esteve aqui?

EILEEN Esteve, mas ele não tinha ovos.

KATE Então uma perda de tempo ele ter vindo.

EILEEN Bem, foi simpático da parte dele ter vindo e não ter nos deixado esperando por ovos que jamais chegariam.

KATE Se o Billy pudesse apenas nos retribuir com a mesma gentileza. Não com ovos, mas vindo rápido pra casa e não nos deixando preocupadas.

EILEEN Talvez o Billy tenha parado pra olhar pra uma vaca como da outra vez.

KATE Isso é uma perda de tempo idiota, ficar olhando pra vacas.

EILEEN Claro que se isso deixa ele feliz, que mal tem? Existem centenas de coisas piores pra um rapaz ocupar seu tempo do que ficar observando vacas. Coisas que fariam ele aterrissar no inferno. Não apenas estar atrasado para o chá.

KATE Ficar beijando mocinhas.

EILEEN Ficar beijando mocinhas.

KATE (*pausa*) Ah, nenhuma chance disso acontecer com o coitado do Billy.

EILEEN O coitado do Billy jamais será beijado. A menos que seja por uma garota cega.

KATE Uma garota cega ou uma garota retardada.

EILEEN Ou a filha do Jim Finnegan.

KATE Ela não beijaria coisa nenhuma.

EILEEN Ela beijaria um jumento careca.

KATE Ela beijaria um jumento careca. E ainda assim provavelmente teria restrições ao Billy. Coitado do Billy.

EILEEN É uma pena também.

KATE Uma pena também, porque o Billy tem um rosto meigo se a gente ignorar todo o resto.

EILEEN Bem, ele na verdade não tem.

KATE Ele tem o rosto um pouquinho meigo.

EILEEN Bem, na verdade ele não tem, Kate.

KATE Ou os *olhos* dele, estou dizendo. Eles até que são bacanas.

EILEEN Não estou sendo cruel com o Billy, mas você enxergaria olhos mais bacanas em uma cabra. Se ele tivesse uma personalidade bacana, você diria que está tudo certo, mas tudo que o Billy tem pra fazer é dar voltas por aí pra ficar encarando as vacas.

KATE Um dia eu gostaria de perguntar que bem isso faz pra ele, ficar encarando as vacas.

EILEEN Fica encarando as vacas e depois fica lendo livros.

KATE Ninguém jamais vai se casar com ele. Vamos ficar encalhadas com ele aqui até o dia da nossa morte.

EILEEN Nós vamos. (*Pausa.*) Eu não me importo de ficar encalhada aqui com ele.

KATE Eu não me importo de ficar encalhada aqui com ele. Tirando as vacas, o Billy é um bom menino.

EILEEN Espero que as notícias do McSharry não sejam nada pra gente se preocupar.

KATE Espero que ele chegue em casa logo e não deixe a gente preocupada. Eu me preocupo tremendamente quando o Billy se atrasa pra voltar pra casa.

A porta do armazém se abre e JOHNNYPATEENMIKE, um homem velho com aproximadamente a mesma idade que a delas, entra.

EILEEN Johnnypateenmike.

KATE Johnnypateenmike.

JOHNNY Como está tudo? O Johnnypateenmike aqui tem três notícias pra dar pra vocês no dia de hoje...

KATE Você não viu o Aleijado Billy nas suas andanças por aí agora, Johnnypateen?

JOHNNY (*pausa. Anunciando*) Você interrompeu as minhas notícias agora, sra. Osbourne, e a terceira era uma ótima notícia, mas se você quer me interromper com suas perguntas idiotas, que assim seja. Sim, eu vi o Aleijado Billy nas minhas andanças por aí. Vi o garoto sentado no barranco das cercas vivas lá na baixada dos campos do Darcy.

KATE O que ele estava fazendo sentado no barranco das cercas vivas?

JOHNNY Bem, o que geralmente ele fica fazendo? Ele estava olhando pra uma vaca. Vocês têm mais alguma interrupção?

KATE (*com tristeza*) Não temos.

JOHNNY Então eu vou prosseguir com as minhas três notícias. Vou deixar a minha melhor notícia para o final, de modo que vocês vão ter que esperar por ela. Minha primeira notícia, um sujeito lá em Lettermore roubou um livro da casa de outro sujeito e então arremessou ele no mar.

EILEEN Claro que isso, com certeza, não é notícia alguma.

JOHNNY Eu imagino que não seja, agora, só que o sujeito era irmão do outro sujeito e o livro que ele arremessou era a *Bíblia Sagrada*! Ah?!

KATE Que o Senhor nos proteja!

JOHNNY Agora isso não é notícia alguma?!

EILEEN Isso é uma notícia, Johnnypateen, e uma grande notícia.

JOHNNY Eu sei muito bem que essa é uma grande notícia, e se eu tiver mais alguém duvidando do quanto as minhas notícias são grandes, vou sair pelas estradas e vou pra algum lugar onde elas sejam mais apreciadas.

EILEEN As suas notícias *são* apreciadas, Johnnypateenmike.

KATE Nós nunca, nem uma vez sequer, duvidamos do quanto as suas notícias são grandes, Johnnypateen.

JOHNNY Minha segunda notícia, o ganso do Jack Ellery pinicou o rabo do gato do Pat Brennan e machucou o rabo dele, e o Jack Ellery nem mesmo pediu desculpas pela pinicada do ganso, e agora o Patty Brennan não gosta mais do Jack

Ellery de jeito nenhum, e o Patty e o Jack costumavam ser grandes amigos. Oh, sim.

EILEEN (*pausa*) E esse é o final dessa notícia?

JOHNNY Esse é o final dessa notícia.

EILEEN Oh, essa é uma notícia tremendamente grande, isso que é. Oh, sim.

EILEEN revira os olhos para o teto.

JOHNNY Essa é uma notícia tremendamente grande. Aquele ganso pode começar uma rixa. Eu *espero* que aquele ganso comece uma rixa. Eu gosto de uma rixa.

KATE Eu espero que o Patty e o Jack deixem isso pra trás e façam as pazes. Eles não costumavam caminhar de mãos dadas pra escola quando eram rapazotes?

JOHNNY *Aí está* uma mulher falando, se é que eu já dei ouvidos pra alguma delas. Que notícia existe em deixar as coisas pra trás? Notícia alguma. A gente quer uma boa rixa, ou pelo menos uma Bíblia sendo arremessada, ou uma coisa como a minha terceira notícia que é sobre a maior notícia que o Johnnypateenmike aqui já teve...

BILLY, dezessete anos, com um braço e uma perna aleijados, entra arrastando os pés.

BILLY Me desculpem por eu estar atrasado, tia Kate e tia Eileen.

JOHNNY Você interrompeu as notícias que eu estava dando, Aleijado Billy.

KATE O que o médico disse pra você, Billy?

BILLY Ele disse que não há absolutamente nada de errado com o meu peito, só um pouquinho de chiado e nada além de um pouquinho de chiado.

JOHNNY Eu não ouvi dizer que o rapaz tivesse um chiado. Por que o Johnnypateen aqui não foi informado?

KATE Então por que você se atrasou tanto pra chegar em casa, Billy? Nós ficamos preocupadas.

BILLY Oh, eu apenas me sentei sozinho no sol lá nos campos do Darcy.

KATE Você se sentou lá e fez o quê?

BILLY Me sentei lá e não fiz nada.

KATE Não fez absolutamente nada?

BILLY Não fiz absolutamente nada.

KATE (*para JOHNNY*) Vejam só!

BILLY Absolutamente nada a não ser olhar pra uma ou duas vacas que vieram até mim.

KATE afasta-se dele.

JOHNNY (*para KATE*) Agora quem é o "vejam só"! Eh?!

EILEEN Você simplesmente não consegue deixar as vacas em paz, Billy?

BILLY Eu só fiquei olhando para aquelas vacas.

JOHNNY Com licença, mas eu não estava dizendo...?

KATE Não existe nada pra ser visto em vacas! Você é um homem-feito!

BILLY Bem, eu *gosto* de ficar olhando pra uma vaca simpática, e não vou deixar ninguém me dizer pra fazer diferente.

JOHNNY (*gritando*) Bem, se vocês não querem ouvir minha notícia, vou guardar ela comigo e vou embora! Ficam aí falando de vacas com um debiloide de merda!

BILLY Um debiloide de merda, é?

JOHNNY Se vocês acabaram essa conversa sobre vacas, eu vou dar a minha notícia pra vocês, ainda que eu tenha certeza de que caramujos seriam uma plateia melhor pra ela.

KATE Nós somos uma boa plateia pra ela...

EILEEN Nós somos uma boa plateia pra ela...

BILLY Não fiquem aí agradando ele.

JOHNNY Agradando, é, Aleijado Billy?

BILLY E você não me chame de Aleijado Billy.

JOHNNY Por que não? O seu nome não é Billy e você não é um aleijado?

BILLY Bem, eu fico te chamando de "Johnnypateenmike com uma notícia tão chata capaz de aborrecer a cabeça de uma abelha morta"?

JOHNNY Chata é? Se esta é uma notícia chata, então...

BILLY Seja como for, pelo menos você concorda que é uma notícia chata. Isso já é alguma coisa.

JOHNNY (*pausa*) Eles estão vindo de Hollywood, Califórnia, na América, liderados por um ianque de nome Robert Flaherty,[1] um dos ianques mais famosos e ricos que existe. Eles estão indo pra Inishmore, estão indo pra lá, e por que eles estão indo? Eu vou contar pra vocês porque eles estão indo. Pra fazer um filme que vai custar mais de um milhão de dólares, vai ser exibido no mundo inteiro, vai mostrar como é que se vive nas ilhas, vai transformar em estrelas de cinema todos aqueles que forem selecionados pra participar, e então vão levar todos de volta pra Hollywood e dar a eles uma vida livre de trabalho, ou, seja como for, somente trabalho de atuação, que não poderia ser chamado de trabalho de jeito nenhum, é somente ficar falando. Eu sei que eles já selecionaram o Colman King pra um papel, e ele vai ganhar cem dólares por semana, e se o Colman King pode atuar em um papel num filme, qualquer um pode atuar em um papel num filme, porque o Colman King é tão feio quanto um tijolo de bosta assada e todo mundo concorda, e me perdoem a linguagem, mas estou apenas sendo descritivo. Então o Johnnypateenmike aqui está prevendo um pequeno êxodo pra grande ilha de inúmeros rapazes e mocinhas por essas bandas com cara de estrela de cinema que queiram deixar sua marca na América. Nem é preciso dizer, eu sei, que isso exclui todos os desta casa, a menos naturalmente que eles estejam procurando por aleijados ou ingratas. Eu nos

[1] Robert Joseph Flaherty (1866-1951) foi um dos sete filhos de uma família de imigrantes nos Estados Unidos, cujo pai era um protestante irlandês e a mãe uma alemã católica. Considerado um dos pais do cinema documentário e etnográfico, o cineasta esteve entre novembro de 1931 e a primavera de 1933 nas ilhas Aran, no oeste da Irlanda, onde realizou o filme *Man of Aran* [*Homem de Aran*] (1934), uma saga heroica que mostra o confronto dos pescadores locais com as forças da natureza e seu esforço para sobreviver em condições extremas. [Esta e as demais notas são do tradutor.]

meus tempos de juventude, eles com certeza teriam me selecionado, com meus olhos azuis e minha bela cabeleira, e ainda hoje eles provavelmente estariam propensos a me selecionar com minhas afamadas habilidades de oratória que poderiam superar qualquer mendigo dos palcos de Dublin, mas, como vocês sabem, eu tenho a minha mãezinha alcoólatra pra cuidar. Eles vão chamar o filme de *O homem de Aran*, então a Irlanda não deve ser um lugar tão ruim assim se os ianques querem vir pra Irlanda pra fazer seus filmes. (*BILLY senta-se à mesa lateral, pensando profundamente.*) Essa era a terceira notícia do Johnnypateen aqui, e eu vou te perguntar agora, garoto da perna ruim, se essa foi uma notícia chata?

BILLY Nem perto de ser uma notícia chata. Essa foi a notícia mais grandiosa que eu já ouvi.

JOHNNY Bem, se concordamos com a grandeza das minhas notícias... "Grandeza" não é a palavra, eu sei, mas não vou me incomodar em ficar aqui pensando uma palavra melhor pra pessoas como vocês... Vou receber meu pagamento em espécie por essa notícia, e o meu pagamento hoje vai ser uma caixa pequena de ovos porque me apetece, me apetece mesmo, fazer uma omelete.

EILEEN Oh.

BILLY Que "oh" foi esse?

EILEEN O homem dos ovos veio e ele não tinha ovos.

JOHNNY Não tinha ovos?! Eu dei minha grande notícia pra vocês, e ainda por cima as outras duas notícias menores, mas que eram quase tão boas, e vocês não têm ovos?!

EILEEN Ele disse que as galinhas não estavam botando e que a Helen Desastrada deixou cair os únicos ovos que ele tinha.

JOHNNY Então o que vocês têm para o meu chá?

EILEEN Nós temos ervilhas.

JOHNNY Ervilhas! Com certeza ervilhas não são compatíveis para o chá de um homem-feito. Então me dê aquele pedaço de bacon ali. Aquele ali.

EILEEN Qual? O magro?

JOHNNY Sim, o magro.

EILEEN Jesus, a sua maldita notícia não era *lá* grande coisa, Johnnypateen.

JOHNNY as encara com ódio, *depois sai, furioso.*

EILEEN Que sujeito.

KATE Agora, a gente não deveria ficar contrariando ele, Eileen. De que outro jeito ficaríamos sabendo do que se passa no mundo lá fora, se não fosse pelo Johnny?

EILEEN Mas essa não é a primeira notícia um pouquinho razoável que esse sujeito já teve em vinte anos?

KATE Sim, e agora não precisamos saber como continua.

EILEEN Toda semana ele vem nos extorquir ovos.

BILLY Essa foi uma notícia interessante, sim.

KATE (*aproximando-se dele*) Você geralmente não se interessa de jeito nenhum pelas notícias do Johnnypat, Billy.

BILLY Não quando elas são sobre rãs despencando, não. Quando elas são sobre filmes e como dar o fora de Inishmaan eu me interesso, sim.

KATE Você não está novamente pensando na coitada da sua mãezinha e do seu paizinho, está?

BILLY Agora, não. Eu estou apenas pensando em coisas gerais pra mim mesmo agora.

EILEEN Ele está longe novamente?

KATE (*suspirando*) Ele está.

EILEEN Pensando longe?

KATE Esse rapaz nunca vai ouvir.

EILEEN O médico não avaliou a sua cabeça quando ele avaliou o seu peito, não é mesmo, Billy?

BILLY (*inexpressivamente*) Não.

KATE Eu acho que a próxima coisa a ser investigada é a cabeça dele.

EILEEN Eu acho que é o próximo item da agenda, sim.

A porta do armazém é *aberta com estrondo. JOHNNY insere a cabeça para dentro.*

JOHNNY (*indignadamente*) Já que vocês não vieram correndo atrás de mim, então eu vou levar as suas malditas ervilhas!

EILEEN entrega uma lata de ervilhas para JOHNNY. JOHNNY bate a porta ao sair, BILLY não presta nenhuma atenção nele, as mulheres quedam-se estupefatas. Blecaute.

CENA DOIS

BARTLEY, dezesseis anos, está no balcão inspecionando doces baratos em duas caixas retangulares que EILEEN inclinou para ele ver. BILLY está sentado na cadeira, lendo.

BARTLEY (*pausa*) Vocês não têm nenhum Mintios?

EILEEN Só temos o que você está vendo, Bartley McCormick.

BARTLEY Na América eles têm Mintios.

EILEEN Então vá pra América.

BARTLEY A minha tia Mary me mandou sete Mintios em um pacote.

EILEEN Que caridosa a sua tia Mary.

BARTLEY De Boston, Massachusetts.

EILEEN De Boston, Massachusetts, uh-huh.

BARTLEY Mas vocês não têm nenhum?

EILEEN Só temos o que você está vendo.

BARTLEY Vocês na verdade deveriam ter alguns Mintios, porque são doces incríveis. Vocês deveriam encomendar alguns. Deveriam ter alguém na América pra ficar enviando alguns pra vocês. Em um pacote. Agora eu vou ter que dar mais uma olhada aqui.

EILEEN Dê, sim, mais uma olhada aí.

BARTLEY inspeciona as caixas novamente. BILLY sorri para EILEEN, que revira os olhos para o teto e sorri de volta.

BARTLEY (*pausa*) Vocês não têm nenhuma gominha Yalla?

EILEEN (*pausa*) Só temos o que você está vendo.

BARTLEY Eles têm gominhas Yalla na América.

EILEEN Oh sim. Eu imagino que a sua tia Mary te mandou algumas em um pacote.

BARTLEY Não. Ela me mandou uma fotografia de algumas em um pacote. Os únicos doces que ela efetivamente me mandou foram os sete Mintios. (*Pausa.*) Na verdade, teria sido melhor se ela tivesse me enviado somente *quatro* Mintios, e então ter colocado três gominhas Yalla junto com eles, aí então eu poderia ter tido, assim, um sortimento. Ou três Mintios e quatro gominhas. Sim. Mas, ah, eu fiquei muito feliz com os sete Mintios, se é pra falar a verdade. Mintios são doces incríveis. Ainda que a fotografia das gominhas Yalla tenha despertado minha curiosidade sobre elas. (*Pausa.*) Mas vocês não têm nenhuma?

EILEEN Gominhas Yalla?

BARTLEY Sim.

EILEEN Não.

BARTLEY Oh.

EILEEN Só temos o que você está vendo.

BARTLEY Então eu vou ter que dar mais uma olhada aqui. Eu quero alguma coisa pra ir mastigando. Pra viagem, sabe?

BILLY Pra qual viagem, Bartley?

A porta do armazém é aberta com estrondo e HELEN, uma garota atraente, com cerca de dezessete anos, entra, berrando para BARTLEY.

HELEN Porra, você está vindo, seu filho da mãe?!

BARTLEY Estou escolhendo os meus doces.

HELEN Oh, você e os seus doces de merda!

EILEEN Agora temos mocinhas xingando por aqui!

HELEN Mocinhas xingando, sim, e por que as mocinhas não deveriam estar xingando quando faz uma hora que o debiloide de merda do irmão delas está fazendo elas esperar. Olá, Aleijado Billy.

BILLY Olá, Helen.

HELEN É outro livro velho que você vai ler?

BILLY É.

HELEN Você nunca para, não é?

BILLY Nunca. Ou, às *vezes*, eu paro...

EILEEN Ouvi dizer que você deixou cair todos os ovos do homem dos ovos outro dia, Helen, quebrando tudo que tinha.

HELEN Eu não deixei cair aqueles ovos porra nenhuma. Eu arremessei eles no padre Barratt, e fiz quatro daqueles ovos de merda explodirem nos beiços dele.

EILEEN Você arremessou eles no padre Barratt?

HELEN Arremessei. Você está me imitando agora, minha senhora?

EILEEN Com certeza, arremessar ovos em um padre não é uma imoralidade perante Deus?

HELEN Oh, talvez seja, mas se Deus ficasse pegando na minha bunda durante o ensaio do coral eu ia arremessar ovos no filho da mãe também.

EILEEN O padre Barratt ficou pegando no seu... traseiro durante o ensaio do co...

HELEN Não no meu traseiro, não. Na minha *bunda*, minha senhora. Na minha *bunda*.

EILEEN Eu não acredito em você de jeito nenhum, Helen McCormick.

HELEN E que porra você acha que eu ligo para o que você acredita?

BILLY Helen, agora...

BARTLEY A pior parte desse negócio todo é que foi um desperdício completo de ovos, porque eu gosto de um bom ovo, gosto mesmo, oh, sim.

HELEN Você está entrando no debate dos ovos ou está comprando os seus doces de merda, hein?

BARTLEY (*para EILEEN*) Você não tem nenhuma pastilha Chocky-top, minha senhora?

EILEEN (*pausa*) Você sabe qual vai ser a minha resposta, não sabe, Bartley?

BARTLEY A sua resposta vai ser que você só tem o que eu estou vendo.

EILEEN Estamos chegando em algum lugar agora.

BARTLEY Então eu vou dar mais uma olhada aqui.

HELEN suspira, caminha preguiçosamente até BILLY, apanha o livro dele, avalia a capa, faz uma careta e o devolve.

BILLY Vocês estão indo viajar, o Bartley disse?

HELEN Estamos atravessando pra Inishmore pra entrar nesse filme que eles estão fazendo lá.

BARTLEY Então a Irlanda não deve ser um lugar tão ruim assim se os ianques querem vir pra cá pra fazer seus filmes.

HELEN De todos os lugares do mundo eles escolheram a Irlanda, claro.

BARTLEY Tem um sujeito francês morando em Rosmuck atualmente, vocês sabiam?

EILEEN Tem é?

BARTLEY Agora, o que é mesmo que o sujeito francês faz, Helen? Não é alguma coisa engraçada?

HELEN Dentista.

BARTLEY Dentista. Ele também anda por lá falando francês para as pessoas, e todo mundo apenas ri dele. Pelas costas, assim, sabem como é?

HELEN A Irlanda não deve ser um lugar tão ruim assim se sujeitos franceses querem morar na Irlanda.

BILLY Então quando vocês estão indo, Helen, pra filmagem?

HELEN Amanhã, com a maré da manhã nós estamos indo.

BARTLEY Mal posso esperar pra entrar em ação no filme.

HELEN Você aí, está de provocação ou está de conversa?

BARTLEY Estou de provocação *e* de conversa.

HELEN Você vai estar de provocação, de conversa e vai levar um chute no saco se ficar me dando respostas malcriadas, seu filho da mãe.

BARTLEY Oh, sim.

BILLY Claro, por que você acha mesmo que eles vão te deixar entrar no filme, Helen?

HELEN Claro, com a aparência atraente que eu tenho. Se sou atraente o bastante pra ter sacerdotes apalpando a minha bunda, não vai ser muito difícil conseguir que esses sujeitos do filme comam aqui na minha mão.

BARTLEY Claro, não precisa de muita habilidade pra ter sacerdotes apalpando a sua bunda. Eles não estão atrás de ninguém atraente. É mais por conta de a pessoa estar sozinha e ser pequena.

HELEN Se é por conta de a pessoa estar sozinha e ser pequena, por que então o Aleijado Billy nunca teve a bunda dele apalpada pelos padres?

BARTLEY Você não sabe absolutamente se o Aleijado Billy nunca teve a bunda dele apalpada pelos padres.

HELEN Você já teve a sua bunda apalpada pelos padres, Aleijado Billy?

BILLY Não.

HELEN *Vejam só.*

BARTLEY Eu imagino que eles tenham que colocar o limite em algum lugar.

HELEN E você, você também é pequeno e com frequência está sozinho. Você já teve a sua bunda apalpada pelos padres?

BARTLEY (*discretamente*) Não, a minha bunda, não.

HELEN Está vendo?

BARTLEY (*para EILEEN*) A senhora não tem nenhum Fripple-Frapples? (*EILEEN o encara, pousa as caixas sobre o balcão e sai para o quarto dos fundos.*) Onde você está indo, minha senhora? E quanto aos meus doces, minha senhora?

HELEN Agora acabe logo com isso, está bem?

BARTLEY A sua tia velha é uma mulher louca, Aleijado Billy.

HELEN Seja como for, a sra. Osbourne não é tia do Aleijado Billy coisa nenhuma. Ela apenas faz de conta que é tia dele, do mesmo jeito que a outra. Não é isso, Billy?

BILLY É.

HELEN Elas apenas ficaram com ele quando a mãe e o pai do Billy foram embora e se afogaram, quando eles descobriram que o Billy tinha nascido um aleijado.

BILLY Eles não foram embora e se afogaram.

HELEN Oh, sim, sim...

BILLY Eles apenas caíram na água de um mar agitado.

HELEN Uh-huh. Então o que eles estavam fazendo navegando em um mar agitado, e não era de noite também?

BILLY Eles estavam tentando chegar na América pelo continente.

HELEN Não, eles estavam tentando se livrar de você, pela distância ou pela morte, isso não fazia a menor diferença pra eles.

BILLY Bem, como diabos você iria saber disso quando era apenas um bebê naquela época, assim como eu?

HELEN Uma vez eu dei umas batatas murchas para o Johnnypateen e ele me contou. Não foi ele que ficou te segurando lá embaixo na beira da água?

BILLY Bem, o que ele poderia saber sobre o que se passava na cabeça deles naquela noite? Ele não estava dentro do barco.

HELEN Claro, eles não tinham um saco cheio de pedras amarrado em volta deles?

BILLY Isso é pura fofoca de que eles tinham um saco cheio de pedras amarrado em volta deles, e até mesmo o Johnnypateen concorda com isso...

BARTLEY Talvez ele tivesse um telescópio.

HELEN (*pausa*) Talvez quem tivesse um telescópio?

BARTLEY Talvez o Johnnypateenmike tivesse um telescópio.

HELEN Que diferença ia fazer se ele tivesse um telescópio? (*BARTLEY pensa, depois dá de ombros.*) Você e os seus telescópios de merda. Você está sempre metendo telescópios na porra da conversa.

BARTLEY Eles têm uma grande variedade de telescópios na América agora, sabia? Você consegue enxergar uma minhoca a uma milha de distância.

HELEN Por que você ia querer enxergar uma minhoca a uma milha de distância?

BARTLEY Pra ver o que ela fica fazendo.

HELEN O que as minhocas geralmente fazem?

BARTLEY Se contorcem.

HELEN Se contorcem. E quanto custa um telescópio?

BARTLEY Doze dólares por um dos bons.

HELEN Então você pagaria doze dólares pra descobrir que as minhocas ficam se contorcendo?

BARTLEY (*pausa*) *Sim.* Eu pagaria.

HELEN Você não tem doze pentelhos no seu saco, muito menos doze dólares.

BARTLEY Eu não tenho doze dólares no meu saco, não, nisso você está certa. Não vejo sentido. (*HELEN se aproxima dele.*) Não, Helen...

HELEN dá um soco forte no estômago dele.

BARTLEY (*sem fôlego*) Esse soco machucou as minhas costelas.

HELEN Fodam-se as suas costelas. Fica aí usando esse tipo de linguagem de merda comigo, eh? (*Pausa.*) Sobre o que a gente estava falando, Aleijado Billy? Oh, sim, sobre a sua mãezinha e seu paizinho mortos.

BILLY Eles não se afogaram por minha causa. Eles me amavam.

HELEN Te amavam? *Você* se amaria se você não fosse você? Você dificilmente se amaria e você é você.

BARTLEY (*sem fôlego*) Pelo menos o Aleijado Billy não fica dando socos nas costelas de pobres rapazes por causa deles.

HELEN Não, e por quê? Porque ele é um grande fracote de merda. Seria como receber um soco de um ganso molhado.

BARTLEY (*empolgado*) Vocês ouviram que o ganso do Jack Ellery pinicou o rabo do gato do Patty Brennan e machucou o rabo dele...

HELEN Nós *ouvimos* isso.

BARTLEY Oh. (*Pausa.*) E o Jack nem mesmo pediu desculpas pela pinicada do ganso e agora o Patty Brennan...

HELEN Claro, não acabei de dizer que a gente ouviu, porra?

BARTLEY Eu pensei que o Billy pudesse não ter ouvido.

HELEN Claro que o Billy está ocupado pensando no afogamento da mãezinha e do paizinho dele, Bartley. Ele não precisa de nenhuma dessas suas notícias passadas sobre gansos. Você não está pensando no afogamento da sua mãezinha e do seu paizinho, Billy?

BILLY Estou.

HELEN Você nunca mais esteve no mar desde o dia em que eles morreram, esteve, Billy? Você não fica muito assustado?

BILLY Eu *fico* muito assustado.

HELEN Que grande cu de viadinho, eh, Bartley?

BARTLEY Claro que qualquer pessoa com um cérebro vai ter pelo menos um pouquinho de medo do mar.

HELEN Eu *não tenho* nem um pouquinho de medo do mar.

BARTLEY Bem, agora, aí está.

BILLY ri.

HELEN Eh? Isso foi um insulto?

BARTLEY Como isso seria um insulto, dizer que você não tem medo do mar?

HELEN Então por que o Aleijado Billy riu?

BARTLEY O Aleijado Billy só riu porque ele é um garoto esquisito. Não é isso, Aleijado Billy?

BILLY É, sim. Oh, eu sou totalmente esquisito.

HELEN faz uma pausa, confusa.

BARTLEY É verdade que você recebeu perto de cem libras do seguro quando sua mãezinha e seu paizinho se afogaram, Billy?

BILLY É.

BARTLEY Fiquei todo arrepiado. Você ainda tem esse dinheiro?

BILLY Não tenho mais nada. Ele não foi todo em despesas médicas naquela época?

BARTLEY Você não tem nem mesmo um quarto desse dinheiro?

BILLY Não. Por quê?

BARTLEY Não, apenas porque se você tivesse um quarto desse dinheiro, você provavelmente poderia comprar um telescópio bem sofisticado, sabe? Oh, se poderia.

HELEN Você tem que trazer a porra dos telescópios pra dentro de tudo, tem?

BARTLEY Não, mas eu gosto de trazer, sua puta. Me deixe em paz!

BARTLEY precipita-se para fora do armazém enquanto HELEN avança sobre ele. Pausa.

HELEN Eu não sei de onde ele tira esse descaramento de merda, não sei.

BILLY (*pausa*) Então, como vocês dois vão atravessar pra Inishmore, Helen? Vocês não têm barco.

HELEN Nós conseguimos que o Babbybobby Bennett leve a gente no barco dele.

BILLY Vocês estão pagando ele?

HELEN Só com beijos e pegar um pouquinho na mão dele, ou eu *espero* que seja só na mão dele que eu vou pegar. Mas ouvi dizer que ela é grande. A filha do Jim Finnegan me contou. Ela conhece a mão de todo mundo. Acho que ela guarda uma lista pra si mesma.

BILLY Ela não conhece a minha.

HELEN E você fala como se tivesse orgulho disso. Eu imagino que ela não tenha certeza se você tem mesmo uma, sendo deformado e fodido como você é.

BILLY (*com tristeza*) Eu tenho.

HELEN Parabéns, mas você poderia guardar isso só pra você? Por mais de um motivo. (*Pausa.*) Eu, as únicas mãos que eu conheço pertencem aos padres. Eles continuam mostrando elas pra mim. Não sei por quê. Não posso dizer que elas abrem meu apetite. Todas pardas. (*Pausa.*) Por que você ficou todo jururu?

BILLY Eu não sei, agora, mas eu imagino que você insinuando que a minha mãezinha e o meu paizinho preferiram a morte a ficar encalhados aqui comigo não ajudou muito.

HELEN Eu não estava insinuando coisa nenhuma. Eu estava dizendo na lata.

BILLY (*discretamente*) Você não sabe o que se passava na cabeça deles.

HELEN Uh-huh? E você sabe?

BILLY inclina a cabeça com tristeza. Pausa. HELEN aperta com força a bochecha dele com o dedo, depois se distancia.

BILLY Helen? O Babbybobby deixaria que eu atravessasse pra Inishmore com vocês?

HELEN Claro, o que você tem pra oferecer para o Babbybobby? Ele não ia querer pegar na *sua* mão deformada.

BILLY Então o que o Bartley tem pra oferecer para o Bobby, e mesmo assim ele está indo com você?

HELEN Bartley disse que ajudaria a remar. Você conseguiria ajudar a remar? (*BILLY abaixa a cabeça novamente.*) E, seja como for, por que você ia querer vir junto?

BILLY (*dando de ombros*) Pra entrar no filme.

HELEN Você? (*Ela começa a rir, lentamente, movimentando-se para a porta.*) Eu não deveria rir de você, Billy... mas eu tenho que rir.

Ela sai rindo. Pausa. EILEEN retorna do quarto dos fundos e dá um tapa na cabeça de BILLY.

BILLY Por que você fez isso?

EILEEN Sobre o meu cadáver que você está indo pra esse filme em Inishmore, Billy Claven!

BILLY Ah, eu só estava pensando alto, claro.

EILEEN Bem, pare de pensar alto! Pare de pensar alto e pare de pensar baixo! Esta casa já está repleta de velhos pensamentos com você por perto. Você já viu a Virgem Maria sair por aí pensando alto?

BILLY Não.

EILEEN Isso mesmo, não. E isso não fez nenhum mal pra ela!

EILEEN sai em direção ao quarto dos fundos novamente. Pausa. BILLY se levanta, arrasta os pés até o espelho, olha para si mesmo por um momento, depois tristemente arrasta os pés de volta para a mesa. BARTLEY abre a porta do armazém e sua cabeça surge do lado de dentro.

BARTLEY Aleijado Billy, diga pra sua tia, ou sua tia de faz de conta, que eu vou voltar mais tarde pra pegar os meus Mintios, ou se não for os meus Mintios, os meus doces em geral.

BILLY Vou dizer, Bartley.

BARTLEY Minha irmã acabou de me contar a sua ideia de estar no filme com a gente e eu dei uma risada tremenda. Essa foi uma ótima piada, Billy.

BILLY Oh, que bom, Bartley.

BARTLEY Eles podem até mesmo te levar pra Hollywood depois. Eles podem te transformar em uma estrela.

BILLY Eles poderiam fazer isso, Bartley.

BARTLEY Uma pequena estrela aleijada. Heh. Então você vai lembrar a sua tia que eu vou voltar pra pegar os meus Mintios mais tarde, ou se não for os meus Mintios...

BILLY Os seus doces em geral.

BARTLEY Os meus doces em geral. Ou se não for mais tarde, então amanhã de manhã.

BILLY Tchau, Bartley.

BARTLEY Tchau, Aleijado Billy, ou, você está legal aí, Aleijado Billy, você está parecendo um pouquinho triste?

BILLY Eu estou bem, Bartley.

BARTLEY Oh, que bom.

BARTLEY sai. BILLY ofega ligeiramente, sentindo seu peito.

BILLY (*discretamente*) Eu estou bem, sim.

Pausa. Blecaute.

CENA TRÊS

Uma praia à noite. BABBYBOBBY está consertando sua canoa.[2] *JOHNNY entra, ligeiramente embriagado, caminha até ele e o observa por um tempo.*

JOHNNY Vejo que você está deixando a sua canoa pronta, Babbybobby.

BOBBY Estou, Johnnypateen.

JOHNNY (*pausa*) Então você está deixando a sua canoa pronta?

BOBBY Eu não acabei de dizer que estava deixando a minha canoa pronta?

JOHNNY Sim, você acabou de dizer. (*Pausa.*) Então você está deixando a sua canoa pronta. (*Pausa.*) Está deixando ela novinha em folha. (*Pausa.*) Assim, toda preparada e bacana. (*Pausa.*) Toda preparada pra uma viagem ou coisa assim. (*Pausa.*) Esse é um barco bacana, ele é. Um barco bacana pra uma viagenzinha. E está ainda mais bacana agora que você sozinho deixou ele todo preparado. (*Pausa.*) Todo pronto e preparado.

BOBBY Se é uma pergunta que você tem pra me fazer, Johnnypateen, vá em frente e me faça a pergunta e não fique aí de rodeios feito algum desses colegiais idiotas e debiloides.

[2] "*Curragh*", no original. Trata-se de um barco leve tradicional usado na costa oeste da Irlanda. Feito com ripas de madeira e forrado com lona impermeabilizada, mede de 4 a 7 metros de comprimento e 1 a 1,5 metro de largura.

JOHNNY Eu não tenho nenhuma pergunta pra te fazer. Se o Johnnypateen aqui tiver uma pergunta pra fazer, ele vai ser direto e vai perguntar. Você não vai ver o Johnnypateen por aí fazendo rodeios. Oh, não. (*Pausa.*) Apenas comentei como a sua canoa está bacana e é tudo. (*Pausa.*) Como você está deixando ela bacana e pronta. (*Pausa.*) Bacana e pronta pra uma viagem ou coisa assim. (*Pausa. Indignadamente.*) Bem, se você não me contar pra onde porra está indo, eu vou me mandar daqui!

BOBBY Sim, se manda daqui.

JOHNNY Eu *vou* me mandar daqui. Depois do jeito que você me tratou!

BOBBY Não te tratei de jeito nenhum.

JOHNNY Tratou sim. Você nunca me dá notícia alguma. Sua esposa morreu de tuberculose no outro ano, e quem foi o último a saber? *Eu* fui o último a saber. Não me contaram até o dia em que ela morreu, e você sabia por semanas e semanas, e nenhuma consideração pelos meus sentimentos...

BOBBY Eu deveria ter chutado a bunda dela estrada abaixo pra ir te contar, Johnnypateen, e sabe do que mais, eu me arrependo desde então por não ter feito isso.

JOHNNY Eu vou repetir mais uma vez então. Então você está deixando a sua canoa pronta. Toda bacana e preparada agora pra uma *viagem* ou coisa assim.

BOBBY Faça a pergunta, na lata, e eu vou te dar a resposta de bom grado, Johnnypateen.

JOHNNY encara BOBBY por um segundo, bufando, então precipita-se para fora. BOBBY continua com o barco.

BOBBY (*discretamente*) Você, seu debiloide estúpido de merda. (*Pausa. Esbravejando para fora à esquerda.*) Quem está aí arrastando os pés sobre as pedras?

BILLY (*fora*) É o Billy Claven, Babbybobby.

BOBBY Eu deveria ter adivinhado. Quem mais arrasta os pés?

BILLY (*entrando*) Ninguém, eu imagino.

BOBBY As suas tias não estão preocupadas com você aqui fora a esta hora, Aleijado Billy?

BILLY Elas estariam preocupadas se soubessem, mas eu escapei delas.

BOBBY Você não deveria escapar das suas tias, Aleijado Billy. Mesmo elas sendo tias engraçadas.

BILLY Você também acha que elas são tias engraçadas, Babbybobby?

BOBBY Eu vi a sua tia Kate falando com uma pedra uma vez.

BILLY E ela grita comigo porque eu fico encarando as vacas.

BOBBY Bem, eu não defenderia que ficar encarando vacas é o máximo da sanidade mental, Billy.

BILLY Claro, eu só fico encarando as vacas pra me livrar das minhas tias por um tempo. Não é pela diversão de ficar encarando as vacas. Não existe diversão em ficar encarando vacas. Elas apenas permanecem lá olhando pra você feito umas idiotas.

BOBBY Você nunca jogou nada nessas vacas? Isso poderia deixar elas mais animadas.

BILLY Claro que eu não ia querer machucar elas.

BOBBY O seu problema é que você tem um coração bondoso demais, Aleijado Billy. As vacas não se importam que você jogue coisas nelas. Uma vez eu joguei um tijolo em uma vaca e ela nem mesmo mugiu, e eu acertei bem na bunda dela.

BILLY Claro que isso não prova nada. Ela devia ser uma vaca tranquila.

BOBBY Devia. E, claro, não estou dizendo pra você sair arremessando tijolos nas vacas. Eu estava bêbado quando isso aconteceu. Apenas se você estiver entediado, estou dizendo.

BILLY Seja como for, eu geralmente levo um livro comigo. Não tenho vontade de machucar o gado.

BOBBY Você poderia atirar o livro na vaca.

BILLY Eu prefiro ler o livro, Bobby.

BOBBY Existe gente pra tudo, como eles dizem.

BILLY Existe. (*Pausa.*) Você está aí deixando a sua canoa pronta, Babbybobby?

BOBBY Oh, todo mundo está tremendamente observador esta noite, é o que parece.

BILLY Pronta pra levar a Helen e o Bartley até lá na filmagem?

BOBBY olha para BILLY por um momento, checa à direita para se certificar de que JOHNNY não está por perto, então retorna.

BOBBY Como você soube que a Helen e o Bartley estão viajando?

BILLY A Helen me contou.

BOBBY A Helen te contou. Jesus, e eu disse pra Helen que ela levaria um soco se deixasse qualquer pessoa por dentro da notícia.

BILLY Ouvi dizer que ela está te pagando com beijos por essa viagem de barco.

BOBBY Ela está e, claro, eu não queria pagamento de jeito nenhum. Foi a Helen que insistiu nesse ponto.

BILLY Então você não ia querer beijar a Helen?

BOBBY Ah, eu fico um pouquinho assustado com a Helen, eu fico. Ela é tremendamente feroz. (*Pausa.*) Por quê, você gostaria de beijar a Helen, Aleijado Billy?

BILLY dá de ombros timidamente, com tristeza.

BILLY Ah, seja como for, você consegue ver a Helen algum dia querendo beijar um garoto feito eu? Você consegue, Bobby?

BOBBY Não.

BILLY (*pausa*) Mas então você teria levado os McCormick sem pagamento nenhum?

BOBBY Teria. Eu não me importaria de dar uma olhada por mim mesmo nesse negócio de filmagem. Que mal teria levar passageiros junto?

BILLY Então você me levaria como um passageiro também?

BOBBY (*pausa*) Não.

BILLY Agora, por quê?

BOBBY Não tenho espaço.

BILLY Você tem bastante espaço.

BOBBY Um sujeito aleijado significa má sorte em um barco, e todo mundo sabe disso.

BILLY Agora, desde quando?

BOBBY Desde que o Poteen Larry levou um sujeito aleijado no barco dele e o barco afundou.

BILLY Essa é a coisa mais ridícula que eu já ouvi, Babbybobby.

BOBBY Ou, seja como for, se ele não era um sujeito aleijado ele tinha uma perna ruim.

BILLY Você está apenas sendo preconceituoso com os aleijados e isso é tudo que você é.

BOBBY Eu não tenho preconceito com os aleijados coisa nenhuma. Eu beijei uma garota aleijada uma vez. Não apenas aleijada, mas desfigurada também. Eu estava bêbado, eu não me importei! Você não está detonado para as lindas garotas de Antrim.

BILLY Não fique aí mudando de assunto comigo.

BOBBY Grandes dentes verdes. Que assunto?

BILLY O assunto de me levar pra filmagem com você.

BOBBY Eu pensei que a gente tivesse encerrado esse assunto.

BILLY A gente mal começou esse assunto.

BOBBY Claro, pra que você quer ir até a filmagem? Eles não iam querer um garoto aleijado.

BILLY Você não sabe o que eles iam querer.

BOBBY Eu imagino que não. Não, você está certo aí. Eu vi um filme lá uma vez com um sujeito que não apenas não tinha braços nem pernas, mas era também um sujeito de cor.

BILLY Um sujeito de cor? Eu nunca vi um sujeito de cor, muito menos um sujeito de cor aleijado. Eu não sabia que a gente conseguia encontrar eles.

BOBBY Oh, eles iam te dar um susto terrível.

BILLY Sujeitos de cor? Eles são ferozes?

BOBBY Eles são menos ferozes quando não têm braços nem pernas, porque não conseguem fazer muita coisa contra você, mas mesmo assim eles ainda são ferozes.

BILLY Ouvi dizer que no ano passado um sujeito de cor veio pra Dublin por uma semana.

BOBBY Então a Irlanda não deve ser um lugar tão ruim assim, se sujeitos de cor querem vir pra Irlanda.

BILLY Não deve ser. (*Pausa.*) Argh, Babbybobby, você trouxe à tona os sujeitos de cor só pra me desviar do assunto novamente.

BOBBY Nenhum sujeito aleijado está indo neste barco, Billy. Talvez algum dia, assim, em um ano ou dois. Se os seus pés se endireitarem.

BILLY Um ano ou dois não é bom pra mim, Bobby.

BOBBY Por que não? (*BILLY tira uma carta e a entrega para BOBBY, que começa a lê-la.*) O que é isto?

BILLY É uma carta do doutor McSharry, e você tem que me prometer que não vai dizer uma palavra sobre ela pra nenhuma alma vivente.

Lá pela metade da carta, a expressão de BOBBY se entristece. Ele olha de relance para BILLY, depois continua.

BOBBY Quando você recebeu isto?

BILLY Apenas um dia atrás eu recebi ela. (*Pausa.*) Agora você vai me deixar ir?

BOBBY As suas tias vão ficar chateadas com a sua ida.

BILLY Bem, é a vida delas ou é a minha vida? Eu vou enviar uma palavrinha pra elas de lá. Ah, seja como for, pode ser que eu fique fora somente um dia ou dois. Eu fico bem entediado com facilidade. (*Pausa.*) Você vai me deixar ir?

BOBBY Esteja aqui amanhã de manhã, às nove horas.

BILLY Obrigado, Bobby, eu estarei aqui.

BOBBY devolve a carta e BILLY a guarda dobrada. JOHNNY entra rapidamente, a mão estendida.

JOHNNY Não, espere aí, agora. O que diz essa carta?

BOBBY Ah, Johnnypateen, por que você não vai se foder em casa sozinho?

JOHNNY Mostre essa carta para o Johnnypateen aqui agora, você, garoto aleijado.

BILLY Eu não vou te mostrar a minha carta.

JOHNNY O que você quer dizer com não vai me mostrar a sua carta? Você mostrou a sua carta pra *ele*. Passe ela pra cá, agora.

BILLY Alguém alguma vez já te disse que você é um pouquinho mal-educado, Johnnypateenmike?

JOHNNY *Eu* sou mal-educado? *Eu* sou mal-educado? Com vocês dois de pé aí monopolizando cartas, e cartas de médicos são os tipos mais interessantes de cartas, e então você tem o descaramento de *me* chamar de mal-educado? Diga pra esse coxo velho aí passar essa carta pra cá agora, ou tem coisas que eu ouvi aqui esta noite que não vão permanecer em segredo por muito mais tempo.

BOBBY Agora, coisas como o quê?

JOHNNY Oh, coisas como você levando escolares no seu barco até Inishmore e você beijando garotas de dentes verdes em Antrim, agora, é esse tipo de coisa. Não que eu esteja te ameaçando com chantagens ou coisa parecida, ou, tudo bem, sim, eu estou te ameaçando com chantagens, mas um homem de notícias precisa conseguir suas notícias por bem ou por mal.

BOBBY Por bem ou por mal, é? Bem, tome isto por bem ou por mal.

BOBBY agarra JOHNNY pelo cabelo e torce o braço dele com força para trás das costas.

JOHNNY Aargh! Solte meu braço aí, você, seu brutamontes. Vou chamar um policial pra te prender.

BOBBY Deite na areia aí, você, de bom grado.

BOBBY força o rosto de JOHNNY contra o chão.

JOHNNY Você aí, garoto aleijado, corra e chame a polícia agora ou, seja como for, vá arrastando os pés.

BILLY Não vou, não. Eu vou ficar de pé aqui assistindo.

JOHNNY Isso faz de você um cúmplice.

BILLY Que bom.

JOHNNY Eu sou apenas um sujeito velho. (*BOBBY pisa nas nádegas de JOHNNY.*) Aargh! Você, saia de cima da minha bunda!

BOBBY Billy, vá pegar algumas pedras pra mim.

BILLY (*fazendo isso*) Pedras grandes?

BOBBY Pedras de tamanho médio.

JOHNNY Pra que você quer pedras?

BOBBY Pra arremessar na sua cabeça até que você prometa que não vai espalhar boatos sobre os meus negócios por toda cidade.

JOHNNY Você jamais vai conseguir que eu faça uma promessa dessas. Eu posso resistir a qualquer tortura. Eu sou como o Kevin Barry.[3] (*BOBBY atira uma pedra na cabeça de JOHNNY.*) Aargh! Eu prometo, eu prometo.

BOBBY Em nome de Cristo você promete?

JOHNNY Em nome de Cristo, eu prometo.

BOBBY Essa sua resistência de merda não durou muito tempo.

BOBBY sai de cima de JOHNNY, que volta a ficar de pé, limpando-se.

JOHNNY Eu não receberia esse tipo de tratamento na Inglaterra! E agora eu tenho areia nos meus ouvidos.

BOBBY Leve essa areia pra casa com você e então mostre ela pra sua mãezinha bêbada.

[3] Soldado do Exército Republicano Irlandês (IRA) executado pelo governo britânico em 1920, aos dezoito anos de idade, durante a guerra pela independência da Irlanda. Ele foi condenado à morte por sua participação em um ataque a um caminhão com suprimentos para o exército inglês que resultou na morte de três soldados britânicos.

JOHNNY Você deixe a minha mãezinha bêbada fora disso.

BOBBY E fique se lembrando da sua promessa.

JOHNNY Essa promessa foi feita sob pressão.

BOBBY O que me importa se ela tivesse sido feita sob o cu de um cachorro! Você vai ficar se lembrando dela.

JOHNNY (*pausa*) Sim, vocês, seus filhos da mãe!

JOHNNY sai pela direita em um rompante, sacudindo o punho.

BOBBY Tenho sentido vontade de arremessar pedras na cabeça desse homem nos últimos quinze anos.

BILLY Eu nunca juntaria coragem pra arremessar pedras na cabeça dele.

BOBBY Ah, eu imagino que a gente não deva arremessar pedras na cabeça de um sujeito velho, mas ele não me obrigou a isso? (*Pausa.*) Seja como for, você juntou coragem pra viajar pra Inishmore, e você fica assustado com o mar.

BILLY Eu juntei. (*Pausa.*) Então nos encontramos amanhã às nove.

BOBBY Melhor chegar às oito, Aleijado Billy, no caso de o Johnnypateen dar com a língua nos dentes.

BILLY Então você não confia nele?

BOBBY Eu confiaria nele tanto quanto confiaria em você pra me trazer uma cerveja sem derramar.

BILLY Isso não é uma coisa bacana de se dizer.

BOBBY Eu tenho um temperamento duro, tenho.

BILLY Você não tem um temperamento duro coisa nenhuma, Babbybobby. Você tem um temperamento dócil.

BOBBY (*pausa*) Você sabe que a minha esposa Annie morreu da mesma coisa? Tuberculose. Mas pelo menos eu tive um ano pra passar com ela. Três meses não dá pra nada.

BILLY Eu nem mesmo vou ver o verão entrar. (*Pausa.*) Você se lembra daquela vez que a Annie fez um rocambole de geleia pra mim quando eu tive catapora? E o sorriso que ela me deu então?

BOBBY Era um rocambole gostoso?

BILLY (*com relutância*) Na verdade não, Bobby.

BOBBY Não. A coitada da Annie não conseguiria fazer rocamboles de geleia pra salvar a própria vida. Ah, eu ainda sinto falta dela, apesar dos seus pudins horríveis. (*Pausa.*) Seja como for, fico contente por poder te ajudar de alguma maneira, Aleijado Billy, no tempo que te resta.

BILLY Você me faria um favor, Babbybobby? De nunca mais me chamar de Aleijado Billy?

BOBBY Como você quer ser chamado então?

BILLY Bem, apenas Billy.

BOBBY Oh. Está bem então, Billy.

BILLY E você, ia preferir ser chamado apenas de Bobby e não de Babbybobby?

BOBBY Por quê?

BILLY Não sei por quê.

BOBBY Eu gosto de ser chamado de Babbybobby. O que tem de errado com isso?

BILLY Absolutamente nada, eu imagino. Então te vejo pela manhã, Babbybobby.

BOBBY Então te vejo pela manhã, Aleijado Billy. Ahn, *Billy*.

BILLY Não acabei de dizer?

BOBBY Eu me esqueci. Me desculpe, Billy. (*BILLY assente com a cabeça, então se distancia arrastando os pés.*) Oh, e Billy? (*BILLY olha de volta. BOBBY faz um gesto com a mão.*) Me desculpe.

BILLY inclina a cabeça para baixo, assente, e sai pela direita. Pausa. BOBBY percebe alguma coisa sobre as ondas, retira uma Bíblia de lá, olha para ela por um momento, então a lança de volta ao mar e continua trabalhando no barco. Blecaute.

CENA QUATRO

Quarto de MAMMY O'DOUGAL, a mãe de noventa anos de idade de JOHNNY. MAMMY está na cama, o DOUTOR MCSHARRY está auscultando-a com um estetoscópio, JOHNNY rondando.

DOUTOR Você tem dispensado a bebida, sra. O'Dougal?

JOHNNY Você não ouviu a minha pergunta, doutor?

DOUTOR Eu ouvi a sua pergunta, mas não estou aqui tentando examinar sua mãe sem as suas perguntas idiotas?

JOHNNY Perguntas idiotas, é?

DOUTOR Eu disse, você tem dispensado a bebida, sra. O'Dougal?

MAMMY (*arrota*) Eu *tenho* dispensado a bebida, ou eu meio que tenho dispensado a bebida.

JOHNNY Não faz mal nenhum ela tomar uma cerveja preta de vez em quando.

MAMMY Não faz mal nenhum.

JOHNNY É bom pra você!

DOUTOR Desde que você fique então só com uma cerveja preta é a coisa mais importante.

MAMMY É a coisa mais importante, e um ou dois uísques de vez em quando.

JOHNNY Eu não acabei apenas de dizer pra não mencionar os uísques, sua imbecil?

DOUTOR Qual é a frequência do "de vez em quando"?

JOHNNY Uma vez na vida, outra na morte.

MAMMY Uma vez na vida, outra na morte, e às vezes no café da manhã.

JOHNNY "No café da manhã", Jesus...

DOUTOR Johnnypateenmike, você não sabe muito bem que não pode sair alimentando uma mulher de noventa anos de idade com uísque no café da manhã?

JOHNNY Ah, ela gosta, e isso não faz ela calar a boca?

MAMMY Eu gosto de um trago de uísque, gosto mesmo.

JOHNNY De fonte segura.

MAMMY Ainda que eu prefira cachaça.[4]

DOUTOR Mas não estão te dando cachaça?

MAMMY Não estão me dando cachaça, não.

JOHNNY *Vejam só.*

MAMMY Somente em ocasiões especiais.

DOUTOR E o que é considerado uma ocasião especial?

MAMMY Uma sexta, um sábado ou um domingo.

4 "*Poteen*", no original. Trata-se de um destilado tradicional irlandês. O termo deriva do diminutivo da palavra irlandesa "*pota*", que significa "pote", referindo-se ao recipiente onde a bebida, feita a partir de cereais, grãos, beterraba ou batatas, era elaborada.

DOUTOR Quando a sua mãezinha estiver morta e enterrada, Johnnypateen, eu vou cortar o fígado dela e mostrar pra você, o estrago que os seus belos cuidados causaram.

JOHNNY Você não vai me pegar olhando para o fígado da minha mãezinha. Eu quase não tenho estômago para o lado de fora dela, que dirá para o lado de dentro.

DOUTOR Que bela coisa pra um sujeito dizer na frente da sua mãezinha.

MAMMY Ouvi coisas piores.

JOHNNY Deixe a minha mãezinha em paz agora, você, com suas mutilações. Se ela vem tentando beber até a morte por sessenta e cinco anos sem nenhum sucesso, não serei eu agora que vou começar a me preocupar com ela. Sessenta e cinco anos. Foda-se, ela não consegue fazer nada direito.

DOUTOR Por que você quer beber até a morte, sra. O'Dougal?

MAMMY Sinto falta do meu marido Donal. Devorado por um tubarão.

JOHNNY Em 1871 ele foi devorado por um tubarão.

DOUTOR Oh, você deveria estar tentando superar isso agora, sra. O'Dougal.

MAMMY Eu tenho tentado, doutor, mas eu não consigo. Ele era um homem adorável. E morar com esse pateta aí todos esses anos, só faz trazer isso de volta pra mim.

JOHNNY Quem você está chamando de pateta, sua idiota de beiço peludo? Eu não saí do meu caminho pra trazer o doutor McSharry aqui em casa pra você?

MAMMY Sim, mas somente pra bisbilhotar sobre o Aleijado Billy Claven, é tudo.

JOHNNY Não, não pra... não pra... Ah, você sempre falando mais do que a boca, você, sua tapada.

MAMMY Eu sou uma mulher honesta, sou, Johnnypateen.

JOHNNY Honesta o meu cu peludo.

MAMMY E você não me embebedou o suficiente.

O DOUTOR arruma sua maleta preta.

DOUTOR Se eu estou aqui apenas em nome de intenções falsas...

JOHNNY Você não está aqui em nome de intenções falsas. Minha mãezinha parecia tremendamente ruim agora há pouco... tussa, mamãe... (*MAMMY tosse.*) Mas parece que o pior já passou, você está certo nisso, entretanto, agora, visto que você está aqui, doutor, o que é isso tudo sobre o Aleijado Billy? Ele não estaria em um estado terrível, não é mesmo? Talvez alguma coisa agora com risco de vida? Oh, eu imagino que deva ser alguma coisa tremendamente séria se você anda escrevendo cartas pra ele.

DOUTOR (*pausa*) Você já ouviu falar de uma coisa chamada sigilo entre médico e paciente, Johnnypateenmike?

JOHNNY Já ouvi, sim, e eu acho uma ótima coisa. Agora me diga o que há de errado com o Aleijado Billy, doutor.

DOUTOR Eu vou abrir essa sua cabeça um dia, Johnnypateen, e não vou encontrar absolutamente nada aí dentro.

JOHNNY Não mude de assunto agora, você. Me diga o que há de errado com... ou essa agora foi uma pista para o assunto em questão? Existe alguma coisa dentro da cabeça dele que está errada? Um tumor cerebral? Ele tem um tumor cerebral!

DOUTOR Eu não tenho conhecimento de...

JOHNNY Me diga que ele tem um tumor cerebral, doutor. Oh, essa seria uma notícia tremendamente grande.

DOUTOR Eu estou fora de casa e te agradeço por desperdiçar meu tempo precioso, mas antes de ir vou dizer só uma coisa, e é que eu não sei de onde você conseguiu sua informação dessa vez sobre o Aleijado Billy, porque geralmente essas informações precisas que você consegue, oh, sim...

JOHNNY Pólio, pólio. Ele tem pólio.

DOUTOR Mas até onde eu tenho conhecimento, tirando as deformidades que ele tem de nascença, não existe absolutamente nada de errado com o Billy Claven, e seria melhor se você não saísse espalhando fofocas idiotas sobre ele.

JOHNNY (*pausa*) Tuberculose. Tuberculose. Ah, deve ser tuberculose. (*O DOUTOR dirige-se para fora.*) Pra onde você está indo? Não fique aí monopolizando todas as notícias razoáveis, você! (*O DOUTOR saiu.*) Seu mendigo! Então o Billy está assim com boa saúde que ir remando pra Inishmore em uma manhã gelada, como ele fez hoje, não vai fazer nenhum mal a ele? (*Pausa. O DOUTOR retorna, pensativo.*) Isso não trouxe ele correndo de volta rapidinho?

MAMMY Feito um gato com um verme na bunda.

DOUTOR O Billy foi pra Inishmore?

JOHNNY Foi. Com os McCormick e o Babbybobby levando eles de barco. O Babbybobby que será preso por graves danos corporais no minuto em que ele retornar, ou, seja como for, por graves danos *cranianos*, porque foi a minha cabeça que ele gravemente danificou.

DOUTOR Eles foram pra ver a filmagem?

JOHNNY Pra ver a filmagem ou pra entrar no filme, sim.

DOUTOR Mas a filmagem terminou ontem, com certeza. Hoje eles só estão limpando as velhas câmeras e coisas assim.

JOHNNY (*pausa*) Então eu imagino que durante o processo devem ter dado por aí informações duvidosas pra eles.

MAMMY Sim, é isso mesmo seu pateta.

JOHNNY Não fique me chamando de pateta, eu disse.

MAMMY Traga uma bebida pra mim, seu pateta.

JOHNNY Se você retirar o pateta eu trago uma bebida pra vo...

MAMMY Eu retiro o pateta.

JOHNNY serve uma dose generosa de uísque, o DOUTOR fica horrorizado.

DOUTOR Não... não... (*indignadamente*) Eu estive falando sozinho o dia inteiro?!

JOHNNY (*pausa*) Você gostaria de uma bebida também, doutor, depois de eu ter te surpreendido com a minha revelação sobre o Aleijado Billy?

DOUTOR O que me importa essa sua revelação com cara de bunda?

JOHNNY Heh. Vamos ver se a sua melodia continua a mesma quando o Billy retornar morto pra casa por conta do seu sigilo, e você vai ser expulso da medicina e forçado a ficar raspando a merda mole das vacas pastando; seja como for, isso é tudo para o que você realmente sempre serviu, oh, todos sabemos.

DOUTOR O Billy não vai retornar morto pra casa porque não há nada de errado com o Billy a não ser um chiado no peito.

JOHNNY Você vai ficar insistindo nisso, Doutor Inútil?

DOUTOR Devo dizer mais uma vez, seu imbecil? Não há nada de errado com o Billy Claven. Está bem?

O DOUTOR sai.

JOHNNY Câncer! Câncer! Volte aqui, você! Seria câncer? Me diga com que letra começa. É com "C"? É com "P"?

MAMMY Você está falando com as paredes, seu idiota.

JOHNNY (*chamando*) Eu vou chegar ao fundo disso de um jeito ou de outro, McSharry! Por bem ou por mal! Um bom homem de notícias jamais aceita um não como resposta!

MAMMY Não. Você apenas aceita pedras arremessadas na sua cabeça como resposta.

JOHNNY Deixe esse assunto da pedra pra lá, eu já te disse vinte vezes, ou eu vou chutar por você essa sua bunda preta de volta pra Antrim.

JOHNNY senta-se na cama, lendo um jornal.

MAMMY Você e suas notícias de bunda cagada.

JOHNNY Minhas notícias não são de bunda cagada. Minhas notícias são ótimas notícias. Você ouviu que o ganso do Jack Ellery e o gato do Pat Brennan estão ambos desaparecidos faz uma semana? Eu desconfio que alguma coisa horrível aconteceu com eles, ou eu *espero* que alguma coisa horrível tenha acontecido com eles.

MAMMY Mesmo você sendo meu próprio filho, eu vou te dizer isto, Johnnypateen, você é o velho filho da mãe mais chato da Irlanda. E existe bastante concorrência pra esse posto de merda!

JOHNNY Existe um carneiro aqui em Kerry sem orelhas, vou ter que fazer uma nota.

MAMMY (*pausa*) Me dê a garrafa aqui se você vai trazer à tona as deformidades dos carneiros.

Ele dá a garrafa de uísque para ela.

JOHNNY Deformidades dos carneiros é uma notícia interessante. É o melhor tipo de notícia. Seja como for, só perde para as doenças graves. (*Pausa.*) E eu quero ver metade dessa garrafa vazia até a hora do chá.

MAMMY Coitado do Aleijado Billy. A vida que essa criança tem levado. Com aquela mãe e aquele pai dele, e aquele saco cheio de pedras que eles...

JOHNNY Cale a boca sobre o saco cheio de pedras.

MAMMY E agora isso. Entretanto, olhe pra vida que eu tenho levado também. Primeiro o coitado do Donal partido em dois, depois o dinheiro que você roubou, as cem libras embaixo do assoalho que ele tinha trabalhado a vida inteira pra economizar, e somente pra serem desperdiçadas em bares. Então, ainda por cima, a paella de beterraba de merda que você continua fazendo toda terça-feira.

JOHNNY Não há nada de errado com a paella de beterraba, e a metade daquelas cem libras não foi esbanjada pra encharcar sua goela nos últimos sessenta anos, sua pé no saco?

MAMMY Coitado do Billy. No meu tempo foram inúmeros os caixões com meninos que eu vi sendo baixados na terra.

JOHNNY Beba então. Você pode se poupar ao trabalho dessa vez.

MAMMY Ah, eu tenho esperança de te ver no caixão primeiro, Johnnypat. Esse não seria um dia feliz?

JOHNNY Isso não é engraçado? Porque, como você, eu adoraria *te* ver no caixão, se conseguirmos encontrar um caixão grande o suficiente pra espremer sua bunda gorda lá dentro. Claro que podemos ter que primeiro serrar metade da sua banha, oh, isso nem precisa ser questionado.

MAMMY Oh, você tem me chateado tremendamente com esses comentários duros, Johnnypateen, oh, sim. (*Pausa.*) Seu debiloide de merda. (*Pausa.*) Alguma coisa razoável no jornal, leia aí pra mim. Mas não notícia de carneiros.

JOHNNY Tem um sujeito aqui, subiu ao poder na Alemanha, ele tem um bigode tremendamente engraçado.

MAMMY Deixe eu ver o bigode engraçado dele. (*Ele mostra a foto para ela.*) Esse é um bigode engraçado.

JOHNNY A gente pensaria que ele ou deveria deixar crescer um bigode adequado ou então raspar esse pobre tufinho mirrado.

MAMMY O sujeito parece não saber o que quer.

JOHNNY Ah, ele parece um sujeito bastante simpático, apesar do bigode engraçado. Boa sorte pra ele. (*Pausa.*) Tem um sujeito alemão vivendo em Connemara agora, você sabia? No caminho pra Leenane.

MAMMY A Irlanda não deve ser um lugar tão ruim assim se sujeitos alemães querem vir pra Irlanda.

JOHNNY Todos eles querem vir pra Irlanda, claro. Alemães, dentistas, todo mundo.

MAMMY E por quê, eu me pergunto?

JOHNNY Porque na Irlanda as pessoas são mais amigáveis.

MAMMY Eu imagino que elas sejam.

JOHNNY Naturalmente que são, claro. Todo mundo sabe disso. Claro, não é por isso que somos famosos? (*Longa pausa.*) Eu apostaria dinheiro que é câncer.

JOHNNY assente com a cabeça, retornando para o seu jornal. Blecaute.

CENA CINCO

O armazém. Algumas dúzias de ovos empilhadas sobre o balcão.

KATE Nem uma palavra. (*Pausa.*) Nem uma palavra, nem uma palavra, nem uma palavra, nem uma palavra, nem uma palavra, nem uma palavra, nem uma palavra. (*Pausa.*) Nem uma palavra.

EILEEN Oh, quantas vezes mais você vai repetir "Nem uma palavra", Kate?

KATE Então eu não tenho o direito de repetir "Nem uma palavra", estando eu aterrorizada com essas viagens do Billy?

EILEEN Você *tem* todo o direito de dizer "Nem uma palavra", mas uma ou duas vezes e não dez vezes.

KATE O Billy está indo pelo mesmo caminho que foram a mãe e o pai dele. Mortos e enterrados aos vinte anos de idade.

EILEEN Você alguma vez já olhou para o lado otimista, já?

KATE Eu olho para o lado otimista, mas receio que nunca mais vou ver o coitado do Billy vivo novamente.

EILEEN (*pausa*) O Billy poderia pelo menos ter deixado um bilhete dizendo que estava indo pra Inishmore e não deixar a gente saber disso pelo velho Johnnypateen.

KATE Nem uma palavra. Nem uma palavra, nem uma palavra, nem uma palavra.

EILEEN E então o Johnnypateen revelando isso em seu noticiário, junto com insinuações sobre cartas e médicos.

KATE Temo que o Johnnypateen sabe de alguma coisa sobre o Billy que ele não está contando.

EILEEN Claro, quando foi que o Johnnypateen soube de alguma coisa e deixou de contar? O Johnnypateen conta até mesmo se um cavalo peidar.

KATE Você acha?

EILEEN Eu sei.

KATE Mesmo assim, estou preocupada com o Aleijado Billy.

EILEEN Claro, se o McSharry estiver certo que a filmagem acabou, não vai demorar muito antes que o Billy esteja em casa, e todos os outros junto com ele.

KATE Você disse isso na semana passada e eles ainda não estão em casa.

EILEEN Talvez eles tenham ficado pra ver as paisagens.

KATE Em Inishmore? Que paisagens? Uma cerca e uma galinha?

EILEEN Talvez uma vaca tenha vindo até o Aleijado Billy e ele perdeu a noção do tempo.

KATE Com certeza não é preciso muito tempo pra se olhar pra uma vaca.

EILEEN Bem, você costumava passar uma eternidade falando com as pedras, eu me lembro.

KATE O tempo com essas pedras foi quando eu tive problema nos nervos, e você sabe disso muito bem, Eileen! A gente não combinou de nunca trazer o assunto das pedras à tona?

EILEEN Combinou, e eu peço desculpas por trazer o assunto das pedras à tona. É somente porque estou tão preocupada quanto você que deixei escapar isso das pedras.

KATE Porque as pessoas que têm telhado de vidro não deveriam atirar conversas de pedras em mim.

EILEEN Que telhado de vidro que eu tenho?

KATE Noutro dia a gente tinha vinte gominhas Yalla na caixa de meio tostão[5] e vejo que todas elas sumiram. Como a gente algum dia vai ter lucro se você continuar comendo os doces novos antes que qualquer pessoa tenha a chance de pôr os olhos neles?

EILEEN Ah, Kate. Claro que com as gominhas Yalla, quando você come uma não consegue mais parar.

KATE Foi a mesma desculpa com os Mintios. Bem, se você colocar um dedo nos Fripple-Frapples quando eles chegarem, vai estar em maus lençóis, estou te dizendo.

EILEEN Me desculpe, Kate. É que toda essa preocupação com o Billy não ajudou muito.

KATE Eu sei que não, Eileen. Eu sei que você gosta de se empanturrar quando está preocupada. Apenas tente manter a tampa fechada, é tudo.

[5] "*Penny*", no original. Unidade monetária que corresponde à centésima parte de uma libra esterlina.

EILEEN Vou tentar. (*Pausa.*) Ah, claro que o Babbybobby é um sujeito bem razoável. Ele vai cuidar do Billy, tenho certeza.

KATE Seja como for, então por que levou o Billy junto com ele se ele é um sujeito tão razoável? Ele não sabia que as tias dele iriam ficar preocupadas?

EILEEN Eu não sei se ele sabia.

KATE Eu gostaria de acertar o Babbybobby nos dentes.

EILEEN Eu imagino que ele...

KATE Com um tijolo.

EILEEN Eu imagino que ele poderia ter feito o Billy enviar um bilhete, no mínimo.

KATE Nem uma palavra. Nem uma palavra. (*Pausa.*) Nem uma palavra, nem uma palavra, nem uma pal...

EILEEN Ah, Kate, não comece com o seu "Nem uma palavra" novamente.

KATE observa por um tempo EILEEN empilhando os ovos.

KATE Estou vendo que o homem dos ovos veio.

EILEEN Ele veio. O homem dos ovos junta muito mais ovos quando a Helen Desastrada não está trabalhando pra ele.

KATE Eu absolutamente não vejo o porquê de ele manter a Helen.

EILEEN Eu acho que ele tem medo da Helen. Isso ou ele está apaixonado por ela.

KATE (*pausa*) Eu acho que ainda por cima o Billy está apaixonado pela Helen.

EILEEN Eu acho que o Billy está apaixonado pela Helen. E tudo vai terminar em lágrimas.

KATE Lágrimas de morte.

EILEEN A gente deveria olhar pelo lado positivo.

KATE Lágrimas, morte ou pior.

JOHNNY entra, pavoneando-se.

EILEEN Johnnypateenmike.

KATE Johnnypateenmike.

JOHNNY O Johnnypateenmike aqui tem três notícias pra dar pra vocês no dia de hoje.

KATE Conte pra nós somente se forem notícias alegres, Johnnypat, porque estamos um pouquinho deprimidas hoje, nós estamos.

JOHNNY Eu tenho uma notícia que diz respeito aos turistas de Inishmore, mas vou guardar essa notícia pra ser a minha terceira notícia.

KATE O Billy está bem, Johnnypateen? Oh, conte pra nós essa notícia primeiro.

EILEEN Sim, conte pra nós essa notícia primeiro, Johnnypateen.

JOHNNY Bem, se vocês vão determinar a ordem em que eu vou contar as minhas notícias, acho que vou virar as costas e dar o fora daqui!

KATE Não vá, Johnnypat! Não vá!

JOHNNY Hah?

EILEEN Conte pra nós as suas notícias em qualquer ordem que você desejar, Johnnypateen. Claro, você não é o homem que sabe como melhor ordenar as notícias?

JOHNNY Eu *sou* o homem que sabe melhor. Eu *sei* que sou o homem que sabe melhor. Isso não é novidade. Estou vendo que vocês têm bastante ovos aqui.

EILEEN Nós temos, Johnnypateen.

JOHNNY Uh-huh. Minha primeira notícia, existe um carneiro lá em Kerry completamente sem orelhas.

EILEEN (*pausa*) Essa é uma ótima notícia.

JOHNNY Não me perguntem como ele faz pra escutar porque eu não sei e pouco me importa. Minha segunda notícia, o gato do Patty Brennan foi encontrado morto e o ganso do Jack Ellery foi encontrado morto, e está sendo dito na cidade que ninguém viu coisa nenhuma, mas todos nós conseguimos somar dois mais dois, ainda que não em voz alta porque o Jack Ellery é um tremendo de um valentão.

KATE Essa é uma notícia triste porque agora parece que uma rixa está prestes a começar.

JOHNNY Uma rixa está prestes a começar e não vai parar até que um deles ou os dois acabem sendo massacrados. Bom. Eu vou levar seis ovos, minha senhora, pra omelete que eu prometi pra minha mãezinha duas semanas atrás.

EILEEN Qual era a sua terceira notícia, Johnnypateen?

JOHNNY Eu menciono minha mãezinha e ninguém sequer pergunta como ela está. Oh, é o máximo de cortesia neste recinto.

KATE Como está sua mãezinha, Johnnypateen?

JOHNNY Minha mãezinha está bem, oh, se está, apesar de todo o meu empenho.

EILEEN Você ainda está tentando matar sua mãezinha com bebida, Johnnypateen?

JOHNNY Estou, mas não adianta. Uma fortuna com bebidas aquela puta tem me custado ao longo dos anos. Ela nunca vai embora. (*Pausa.*) Bem, agora eu tenho os meus ovos, já contei pra vocês as minhas duas notícias. Imagino que o meu negócio terminou aqui por hoje.

KATE A... a terceira notícia, Johnnypateen?

JOHNNY Oh, a terceira notícia. Eu não estava quase me esquecendo? (*Pausa.*) A terceira notícia é que o Babbybobby acabou de puxar o seu barco pra areia, lá na península, e liberou os jovens aventureiros. Ou, seja como for, liberou *dois* dos jovens aventureiros, a Helen e o Bartley. Não havia nem sombra do Aleijado Billy naquele barco. (*Pausa.*) Estou saindo pra mandar prender o Babbybobby por ter atirado pedras na minha cabeça. Eu agradeço pelos ovos.

JOHNNY sai. Pausa. KATE tristemente acaricia o saco velho pendurado na parede, então se senta à mesa.

KATE Ele nos deixou Eileen. Ele nos deixou.

EILEEN Nós absolutamente não sabemos se ele nos deixou.

KATE Posso sentir isso nos meus ossos, Eileen. Desde o minuto em que ele partiu eu sabia. O Aleijado Billy está morto e enterrado.

EILEEN Mas o doutor não nos garantiu cinco vezes que não havia nada de errado com o Aleijado Billy?

KATE Essa garantia foi só pra não machucar a gente. O tempo todo foi o Johnnypat que estava contando a história verdadeira, assim como sobre o afogamento da mãe e do pai do Billy, a história verdadeira sempre foi a dele.

EILEEN Ó Senhor, vejo que o Babbybobby está vindo pelo atalho em nossa direção.

KATE Ele parece taciturno, Eileen?

EILEEN Ele parece taciturno, mas o Babbybobby geralmente parece taciturno.

KATE Ele parece mais taciturno do que ele geralmente parece?

EILEEN (*pausa*) Parece.

KATE Oh, não.

EILEEN E agora ele tirou o chapéu.

KATE Esse é um sinal tremendamente ruim, tirar o chapéu.

EILEEN Talvez ele esteja apenas sendo cavalheiro?

KATE O Babbybobby? Claro, o Babbybobby arremessa tijolos nas vacas.

BOBBY entra, o boné na mão.

BOBBY Eileen, Kate.

EILEEN Babbybobby.

BOBBY Você poderia se sentar ali por um minuto, agora, Eileen? Eu tenho notícias pra contar pra vocês.

EILEEN senta-se à mesa.

BOBBY Eu acabei de trazer os dois McCormick de volta pra casa, e eu deveria ter trazido o Billy de volta pra casa, eu sei, mas não consegui trazer o seu Billy de volta pra casa porque... porque ele foi levado pra América pra fazer uma audição para um filme que eles estão produzindo sobre um sujeito aleijado. Ou... Eu não acho que o filme *inteiro* vai ser sobre o sujeito aleijado. O sujeito aleijado vai ter somente um papel pequeno. Sim. Mas ainda assim é pra ser uma boa participação, sabe? (*Pausa.*) Muito embora existam coisas mais importantes no mundo do que boas participações em filmes de Hollywood sobre sujeitos aleijados. Estar perto da família e dos amigos é mais importante, e eu tentei dizer isso ao Aleijado Billy, mas ele não me ouviu, não adiantou quantas vezes eu tenha dito isso pra ele. Eles partiram de barco hoje pela manhã. O Billy escreveu uma carta aqui e me pediu pra entregar pra vocês. (*Pausa.*) Provavelmente dois ou três meses, no mínimo, o Billy disse que ficaria fora. (*Pausa.*) Ah, como ele mesmo me disse, é a vida dele. Agora, eu imagino que seja. Seja como for, espero que ele aproveite o seu tempo lá. (*Pausa.*) E isso é tudo. (*Pausa.*) Vejo vocês por aí.

EILEEN Vejo você por aí, Babbybobby...

KATE Vejo você por aí, Babbybobby.

BOBBY sai. KATE abre a carta.

EILEEN O que diabos é uma audição, Kate?

KATE Eu não sei absolutamente o que é uma audição.

EILEEN Talvez a carta dele diga.

KATE Oh, a caligrafia horrível que ele tem.

EILEEN Ela nunca melhorou.

KATE "Queridas tias, vocês conseguem adivinhar o que é?" Sim, nós *conseguimos* adivinhar o que é. "Eu estou de partida pra Hollywood pra fazer uma audição para um filme que eles estão produzindo, e se eles gostarem da minha aparência, vão me oferecer um contrato e então eu vou virar um ator." Ele não explica absolutamente o que é uma audição.

EILEEN Com todas as considerações que ele faz?

KATE O que é isso agora? Não consigo decifrar nem mesmo duas palavras nesta frase, com a letra dele... "Mas se for um grande sucesso eu vou... pode ser somente dois ou três meses que eu vou estar ocupado demais com o trabalho de atuação pra sequer entrar em contato muito frequente com vocês... então se vocês não ficarem sabendo muito de mim do verão até... não fiquem preocupadas comigo. Isso apenas significa que estou feliz e saudável e levando a minha vida na América. Me tornando alguém pra vocês, pra mamãe e pro papai se orgulharem. Mande lembranças pra todos aí na ilha, exceto para o Johnnypateen, e se cuidem, Kate e Eileen. Vocês complicam o mundo pra mim... *significam* o mundo pra mim." Parece "complicam". (*Pausa.*) "Atenciosamente... Billy Claven." (*Pausa.*) Virou as costas pra nós, ele virou, Eileen.

EILEEN (*chorando*) E nós aqui preocupadas, esquentando a cabeça com ele.

EILEEN vai até o balcão e discretamente vasculha a caixa de doces.

KATE Depois de tudo o que fizemos por ele ao longo dos anos.

EILEEN Cuidamos dele e não ligamos absolutamente que ele fosse um garoto aleijado.

KATE Depois de toda a vergonha que ele trouxe pra nós, ficar encarando vacas, e essa é a maneira dele nos retribuir.

EILEEN Eu espero que o barco afunde antes que algum dia leve ele pra América.

KATE Eu espero que ele se afogue, como a mãe e o pai dele.

EILEEN (*pausa*) Ou estamos sendo muito duras com ele?

KATE (*chorando*) Estamos sendo muito duras com ele, mas só porque estamos bem chateadas com ele. O que você está comendo?

EILEEN Oh, gominhas Yalla, e não implique comigo.

KATE Achei que você tivesse comido todas as gominhas Yalla.

EILEEN Eu separei uma ou duas gominhas pra emergências.

KATE Vá em frente, Eileen, coma.

EILEEN Você quer uma, Kate?

KATE Não. Eu não tenho estômago pra comer absolutamente nada no dia de hoje. Muito menos pra comer gominhas Yalla.

EILEEN (*pausa*) Nós vamos ver o Aleijado Billy novamente algum dia, não vamos, Kate?

KATE Receio que a gente tenha mais chance de ver a filha do Jim Finnegan em um convento antes de ver o Aleijado Billy novamente. (*Pausa.*) Eu não tenho certeza se eu *quero* ver o Aleijado Billy novamente.

EILEEN Eu não tenho certeza se *eu* quero ver o Aleijado Billy novamente. (*Pausa.*) Eu quero ver o Aleijado Billy novamente.

KATE *Eu* quero ver o Aleijado Billy novamente.

Pausa. Blecaute.

Intervalo.

CENA SEIS

O armazém, verão, quatro meses depois. Alguns cartazes de Homem de Aran, *que está sendo exibido no salão paroquial, pendurados nas paredes. As caixas de doces e uma pedra encontram-se sobre o balcão, ao lado das quais BARTLEY permanece de pé, apertando os lábios estupidamente e fazendo outra coisa qualquer por alguns instantes para preencher o tempo enquanto ele espera KATE retornar. HELEN entra trazendo algumas dúzias de ovos.*

HELEN O que você está esperando?

BARTLEY Ela foi lá nos fundos procurar os meus Fripple-Frapples.

HELEN Oh, você e os seus Fripple-Frapples de merda.

BARTLEY Fripple-Frapples são doces incríveis. (*HELEN arruma os ovos sobre o balcão.*) Vejo que você trouxe os ovos.

HELEN Você, você é um tremendo observador.

BARTLEY Eu pensei que trazer os ovos era o serviço do homem dos ovos.

HELEN *Era* o serviço do homem dos ovos, mas eu chutei as canelas do homem dos ovos esta tarde e ele não se sentiu disposto pra isso.

BARTLEY Por que você chutou as canelas do homem dos ovos?

HELEN Ele insinuou que fui eu que matei o ganso do Jack Ellery e o gato do Pat Brennan pra eles.

BARTLEY Mas *foi* você que matou o ganso do Jack Ellery e o gato do Pat Brennan pra eles.

HELEN Eu sei que foi, mas se isso circular pela cidade eu nunca vou ser paga.

BARTLEY Quanto eles estão te pagando?

HELEN Oito xelins pelo ganso e dez xelins pelo gato.

BARTLEY Por que você cobrou mais pelo gato?

HELEN Bem, eu tive que pagar o Ray Darcy pelo empréstimo do machado dele. Veja, o ganso eu só tive que dar uma pisada forte. Precisa mais do que uma pisada forte pra dar cabo de um gato.

BARTLEY Uma pranchinha de madeira você poderia ter usado no gato, e evitaria desembolsar o que fosse pelo machado.

HELEN Claro que eu queria que o serviço fosse executado profissionalmente, Bartley. Uma prancha é a arma de uma criança de cara achatada. Eu não usaria uma prancha nem em uma mosca de bunda azul.

BARTLEY O que você *usaria* em uma mosca de bunda azul?

HELEN Eu não usaria coisa alguma em uma mosca de bunda azul. Não tem nenhum dinheiro envolvido pra matar moscas de bundas azuis.

BARTLEY A filha do Jim Finnegan uma vez matou doze minhocas.

HELEN Sim, com o bafo dela.

BARTLEY Não, enfiando agulhas nos olhos delas.

HELEN Agora, esse é o trabalho de um amador. (*Pausa.*) Eu nem mesmo sabia que minhocas tinham olhos.

BARTLEY Elas deixaram de ter depois que a filha do Jim Finnegan acabou com eles.

HELEN Pra que é esta pedra aqui?

BARTLEY Eu peguei a sra. Osbourne falando com esta pedra quando entrei aqui mais cedo.

HELEN O que ela estava dizendo pra pedra?

BARTLEY Ela estava dizendo "Como vai, pedra", e então colocou a pedra no ouvido, como se a pedra fosse responder pra ela.

HELEN Esse é um comportamento tremendamente estranho.

BARTLEY E então foi perguntando pra pedra se ela sabia como o velho Aleijado Billy estava se saindo na América.

HELEN E o que a pedra disse?

BARTLEY (*pausa*) A pedra não disse nada, Helen, porque as pedras, elas não dizem nada.

HELEN Oh, eu pensei que você disse que a sra. Osbourne estava fazendo uma voz pra pedra.

BARTLEY Não, a sra. Osbourne só estava fazendo a sua própria voz.

HELEN Talvez a gente devesse esconder a pedra pra ver se a sra. Osbourne não tem um ataque de nervos.

BARTLEY Com certeza isso não seria uma coisa muito cristã de se fazer, Helen.

HELEN Não seria uma coisa muito cristã de se fazer, não, mas seria tremendamente engraçado.

BARTLEY Ah, deixe a pedra da sra. Osbourne em paz, Helen. Já não é suficiente o que ela tem na cabeça se preocupando com o Aleijado Billy?

HELEN Já deveria ter sido *dito* para as tias do Aleijado Billy que o Billy está morto ou morrendo, e não deixar elas esperando por uma carta dele que nunca vai chegar. Quatro meses agora, não é, que elas estão esperando, e nem uma palavra, e elas são as duas únicas pessoas em Inishmaan que não foram informadas sobre o que o Babbybobby sabe.

BARTLEY Claro, que bem isso faria, informar pra elas? Pelo menos desse jeito elas têm a esperança de que ele ainda esteja vivo. De que ajuda a notícia do Babbybobby seria pra elas? E a gente nunca sabe, mas talvez um milagre aconteceu e o Aleijado Billy não tenha morrido em Hollywood coisa nenhuma. Talvez três meses não tenham sido uma estimativa correta para o Aleijado Billy.

HELEN Eu espero que o Aleijado Billy *tenha* morrido em Hollywood, depois de ocupar o lugar em Hollywood que era por direito o lugar de uma garota atraente, quando ele sabia muito bem que estava prestes a bater as botas.

BARTLEY O lugar de uma garota atraente? De que serviria uma garota atraente pra interpretar um sujeito aleijado?

HELEN Eu seria capaz de representar qualquer coisa, seria, se me dessem uma chance.

BARTLEY Foi o que eu ouvi.

HELEN Ouviu o quê?

BARTLEY Ouvi que Hollywood está abarrotado de garotas atraentes, com certeza. É por sujeitos aleijados que eles estão implorando.

HELEN Por que você está defendendo o Aleijado Billy? Ele não prometeu te enviar um pacote de gominhas Yalla que você nunca viu pra dar uma lambida sequer?

BARTLEY Talvez o Aleijado Billy morreu antes que tivesse uma chance de me enviar essas gominhas Yalla.

HELEN É uma desculpa qualquer pra você, seu palerma.

BARTLEY Mas morrer é uma tremenda desculpa pra não ter enviado pra um sujeito os doces que ele prometeu.

HELEN Você tem muito bom coração. Às vezes eu sinto vergonha de admitir que você seja meu parente.

BARTLEY Não machuca ter muito bom coração.

HELEN Uh-huh. Isto machuca?

HELEN belisca o braço de BARTLEY.

BARTLEY (*com dor*) Não.

HELEN (*pausa*) Isto machuca?

HELEN fricciona com força[6] *o antebraço dele.*

BARTLEY (*com dor*) Não.

HELEN (*pausa*) Isto machuca?

HELEN apanha um ovo e o quebra na testa dele.

[6] "*Chinese burn*", no original. Trata-se de uma pequena tortura que consiste em friccionar simultaneamente com as duas mãos a pele do pulso ou do braço em direções opostas.

BARTLEY (*suspirando*) É melhor eu dizer que sim antes que você vá mais longe.

HELEN Você deveria ter dito que sim na hora do beliscão no braço, se você estivesse usando o seu cérebro.

BARTLEY Eu deveria ter dito que sim, mas você ainda teria quebrado um ovo em mim.

HELEN Agora nós nunca vamos saber.

BARTLEY Você é simplesmente um terror quando tem ovos por perto.

HELEN Eu gosto mesmo de quebrar ovos em sujeitos.

BARTLEY De algum modo, eu já tinha adivinhado isso.

HELEN Ou você poderia ser classificado como um sujeito? Isso não seria um pouquinho exagerado?

BARTLEY Eu reparei que você nunca quebrou um ovo no Babbybobby Bennett quando ele rejeitou as suas propostas de beijos.

HELEN Claro, a gente estava em um barco a remo, a uma milha da terra. Onde eu iria conseguir um ovo?

BARTLEY Rejeitou porque você é muito parecida com uma bruxa.

HELEN Rejeitou porque ele estava chateado com o Aleijado Billy, e você cuidado com seus comentários sobre ser "parecida com uma bruxa".

BARTLEY Por que ovos moles não fedem, mas ovos cozidos fedem?

HELEN Não sei por quê. E pouco me importa por quê.

BARTLEY Rejeitou porque você se parece com uma dessas mulheres viúvas esfarrapadas esperando nos rochedos por um rufião que nunca vai retornar pra ela.

HELEN Essa frase tem uma quantidade tremenda de erres.

BARTLEY Foi pra te insultar com ela, com ou sem erres.

HELEN Você ficou tremendamente atrevido para um garoto com ovo escorrendo aí pelo gogó.

BARTLEY Bem, sempre chega o momento em que todo irlandês toma uma posição contra os seus opressores.

HELEN Foi o Michael Collins[7] que disse isso?

BARTLEY Seja como for, foi um daqueles gordos.

HELEN Você quer brincar de "Inglaterra versus Irlanda"?

BARTLEY Eu não sei como brincar de "Inglaterra versus Irlanda".

HELEN Fique de pé aqui e feche os olhos. Você vai ser a Irlanda.

BARTLEY a encara e fecha os olhos.

BARTLEY E o que você vai fazer?

HELEN Eu vou ser a Inglaterra.

HELEN apanha três ovos do balcão e quebra o primeiro na testa de BARTLEY. BARTLEY abre os olhos e a encara tristemente enquanto a gema desce. HELEN quebra o segundo ovo na testa dele.

BARTLEY Isso não foi absolutamente uma coisa bacana de...

[7] Michael Collins (1890-1922) foi um líder revolucionário, militar e político que se tornou presidente do Governo Provisório do Estado Livre irlandês após as lutas pela independência. Foi assassinado em 1922 durante a Guerra Civil irlandesa.

HELEN Eu não terminei.

HELEN quebra o terceiro ovo em BARTLEY.

BARTLEY Isso não foi absolutamente uma coisa bacana de se fazer, Helen.

HELEN Eu estava te dando uma aula sobre a história irlandesa, Bartley.

BARTLEY Eu não preciso de uma aula sobre a história irlandesa. (*Berrando.*) Ou, seja como for, não com ovos, quando acabei de lavar o meu cabelo!

HELEN Vão existir fatalidades piores do que cabelo com ovo antes que a Irlanda volte a ser uma nação mais uma vez, Bartley McCormick.

BARTLEY E o meu melhor moletom, olhe pra ele!

HELEN Tem ovo nele.

BARTLEY Eu sei que tem ovo nele! Sei muito bem! E eu ia usar ele na exibição do filme amanhã, mas agora você acabou com essa ideia, não é?

HELEN Estou aguardando ansiosa pela exibição do filme amanhã.

BARTLEY Eu também estava aguardando ansioso pela exibição do filme, até meu moletom ser destruído.

HELEN Acho que eu poderia arremessar ovos no filme amanhã. O *Homem de Aran*, meu cu. "A Mocinha de Aran" eles poderiam ter tido, e a mocinha *atraente* de Aran. Não essa bosta antiquada sobre sujeitos imbecis de merda pescando.

BARTLEY Tudo o que você faz tem que envolver arremesso de ovos, Helen?

HELEN Eu tenho orgulho do meu trabalho com os ovos, tenho mesmo. E essa maldita puta não vai vir nunca pra pagar os meus ovos? (*Chamando.*) Você aí, mulher da pedra!

BARTLEY Ela está demorando uma eternidade pra trazer os meus Fripple-Frapples.

HELEN Ah, eu não posso desperdiçar minha juventude esperando aqui por essa boceta mão de vaca. Receba você o dinheiro dos ovos por mim, Bartley, e entregue para o homem dos ovos no caminho de casa.

BARTLEY Claro que sim, Helen. (*HELEN sai.*) Claro que sim minha bunda de merda, você, sua bocuda cagada do caralho, você, sua puta de merda, você...

A cabeça de HELEN surge de volta.

HELEN E não deixe que ela desconte os quatro que você perdeu quebrando em mim.

BARTLEY Não vou deixar, Helen. (*Ela sai novamente. Suspirando.*) Mulheres.

KATE entra lenta e distraidamente, vinda do quarto dos fundos, só percebendo BARTLEY depois de um segundo.

KATE Olá, Bartley. O que posso fazer por você?

BARTLEY (*pausa. Perplexo*) Você foi lá nos fundos procurar os Fripple--Frapples, minha senhora.

KATE pensa consigo mesma por um momento, então lentamente retorna para o quarto dos fundos. BARTLEY resmunga, audivelmente frustrado, pousando a cabeça sobre o balcão. Pausa discreta, então KATE retorna e apanha a sua pedra.

KATE Eu vou levar a minha pedra.

Ela sai para o quarto dos fundos novamente. Pausa. BARTLEY apanha uma marreta de madeira, esmaga com ela todos os ovos sobre o balcão e caminha para fora, batendo a porta. Blecaute.

CENA SETE

O som da respiração ofegante de BILLY começa, enquanto as luzes se acendem sobre ele tendo calafrios sozinho em uma cadeira em um sórdido quarto de hotel de Hollywood. Ele ofega discretamente ao longo da cena.

BILLY Mãe? Receio que eu não seja mais pra este mundo, mãe. Não é que eu consigo ouvir as mensageiras da morte[8] lamentando por mim, mesmo estando tão longe de casa, da minha ilha estéril? Uma casa estéril, sim, mas orgulhoso e generoso com ela, mesmo assim, eu virei as costas pra você, eu virei, pra acabar aqui sozinho e morrendo em uma hospedaria de um dólar, sem uma mãe pra enxugar o meu suor frio, nem um pai pra amaldiçoar Deus pela minha morte, nem uma garota encantadora pra derramar lágrimas sobre o meu corpo imóvel. Um corpo imóvel, sim, mas um corpo nobre e insubmisso junto com ele. Um irlandês! (*Pausa.*) *Apenas* um irlandês. Com um coração razoável, e uma cabeça razoável, e um espírito razoável que não foi destroçado por um século de fome e uma vida inteira de opressão! Um espírito que não foi destroçado, não... (*Tossindo.*) Mas um corpo destroçado, e os pulmões dele destroçados e, se é pra falar a verdade, o coração dele destroçado também, por uma mocinha que nunca soube sobre seus sentimentos verdadeiros e agora, claro, nunca saberá. O que é isso agora, mamãe, que você está me dizendo?

[8] "*Banshees*", no original. Trata-se de entidades femininas da mitologia celta, usualmente vistas como um presságio da morte e mensageiras dos infernos.

Ele olha para uma folha de papel sobre a mesa.

Pra escrever pra ela lá em casa, eu sei, e tornar os meus sentimentos conhecidos. Ah, está tarde, mamãe. Amanhã não haverá tempo suficiente pra essa tarefa?

Ele se levanta e arrasta os pés até o espelho à esquerda, discretamente cantando "The Croppy Boy".[9]

"Adeus meu pai e minha mãe também, e minha irmã Mary/ Eu não tenho ninguém mais a não ser vocês./ E quanto ao meu irmão, ele está completamente sozinho./ Ele está afiando lanças na pedra de amolar."

Ele tropeça, doente, rasteja até a cama, ofegante, e olha para a foto sobre a cômoda.

Como será que é o céu, mamãe? Ouvi dizer que é um lugar maravilhoso, mais maravilhoso até mesmo do que a Irlanda, mas mesmo que seja, claro, nunca vai chegar perto de ser tão maravilhoso quanto você. Fico me perguntando se eles afinal vão deixar que garotos aleijados entrem no céu. Claro, a gente não iria apenas enfeiar o lugar?

Ele coloca a foto de volta sobre a cômoda.

"Foi na velha Irlanda que este homem jovem morreu,/ e é na velha Irlanda que seu corpo repousa./ Que todas as pessoas de bem que passarem por lá,/ possam pedir que o Senhor tenha misericórdia deste garoto de cabelos curtos." Oh, o meu peito está de um jeito ruim esta noite, mamãe. Acho

[9] "The Croppy Boy" [O garoto de cabelos curtos] é uma balada melodramática escrita pelo poeta irlandês William B. McBurney, em 1845. A canção é uma homenagem aos rebeldes do levante na Irlanda contra a Inglaterra, em 1798, que usavam os cabelos curtos como uma demonstração de solidariedade aos insurgentes da Revolução Francesa.

que agora eu devo tentar dormir um pouquinho. Porque existe trabalho pesado no pátio ferroviário amanhã pra ser feito. (*Pausa.*) O que é isso, mamãe? Minhas orações? Eu sei. Claro, eu estaria me esquecendo, tão bem quanto você ensinou elas pra mim? (*Ele se benze.*) E agora eu vou me deitar pra dormir, e rogo a Deus pra que guarde a minha alma. Mas se... (*Pausa.*) Mas se eu morrer antes de acordar... Eu rogo a Deus... (*Em lágrimas.*) Eu rogo a Deus...

Pausa, recuperando-se. Ele sorri.

Arah, não se preocupe, mamãe. Eu estou apenas indo dormir. É apenas indo dormir.

BILLY se deita. Seu ofegar doloroso vai ficando cada vez pior, até que subitamente para com um suspiro angustiado, seus olhos se fecham, sua cabeça pende para um lado, e ele permanece lá inerte. As luzes se apagam gradativamente.

CENA OITO

Um salão paroquial na penumbra. BOBBY, MAMMY (garrafa na mão), JOHNNY, HELEN, BARTLEY, EILEEN e KATE sentados. Todos estão assistindo ao filme Homem de Aran *sendo projetado. O filme está próximo do final, e a trilha sonora ou está muito baixa ou não é absolutamente audível.*

MAMMY O que é isso que está acontecendo?

JOHNNY O que parece que é isso que está acontecendo?

BARTLEY Eles não estão caçando um tubarão, minha senhora, e um tubarão dos grandes?

MAMMY Eles estão?

JOHNNY Cale a boca e beba, você.

MAMMY Vou beber, seu pateta.

BOBBY Espero que seja somente água aí dentro dessa garrafa, Johnnypateenmike.

JOHNNY Naturalmente que é somente água. (*Cochichando.*) Não solte seu bafo perto do Babbybobby, mamãe.

MAMMY Não vou soltar.

JOHNNY E cuidado com o "pateta".

BOBBY Ultimamente o seu Johnny continua roubando mais alguma de suas economias de uma vida inteira, sra. O'Dougal?

JOHNNY Eu nunca jamais roubei as economias de uma vida inteira da minha mãezinha. Eu apenas peguei dinheiro emprestado a curto prazo.

MAMMY Desde 1914 esse filho da mãe tem pegado dinheiro emprestado a curto prazo.

JOHNNY Bem, esta é a minha definição de curto prazo.

KATE (*pausa*) Esse é um peixe bem grande.

EILEEN É um tubarão, Kate.

KATE É o quê?

EILEEN Um tubarão, um tubarão!

HELEN Você se esqueceu do que é um tubarão, além de ficar falando com as pedras?

BARTLEY É principalmente na costa da América que você encontra tubarões, minha senhora, e uma porção de tubarões, e eles às vezes chegam tão próximo da praia que, claro, você nem mesmo precisaria de um telescópio pra avistar eles, oh não...

HELEN Oh, telescópios, Jesus...!

BARTLEY É muito raro que você encontre tubarões na costa da Irlanda. Esse é o primeiro tubarão que eu já vi na costa da Irlanda.

JOHNNY Então a Irlanda não deve ser um lugar tão ruim assim se tubarões querem vir pra Irlanda.

BARTLEY (*pausa*) Babbybobby, você afinal não ficou muito tempo com a polícia quando você foi levado por conta da pedrada na cabeça do Johnnypat, como pode?

BOBBY Oh, o guarda apenas riu quando ouviu sobre a pedrada na cabeça do Johnnypat. "Use um tijolo da próxima vez", ele disse. "Pare de perder tempo com pedras."

JOHNNY Esse guarda está querendo ser expulso da polícia. Ou pelo menos quer ter boatos maldosos sobre ele sendo espalhados.

BOBBY E todos nós sabemos quem será o homem pra esse serviço.

JOHNNY Ele bate na esposa com um atiçador de fogo, vocês sabiam?

HELEN Claro, isso é notícia? Eles não deixam você entrar pra polícia *a menos que* você bata na esposa com um atiçador de fogo.

BOBBY Seja como for, essa é uma mentira deslavada sobre o guarda bater na esposa com um atiçador de fogo. (*Pausa.*) Um pedacinho de uma mangueira de borracha foi tudo ele usou.

KATE (*pausa*) Nem uma palavra. Nem uma palavra dele.

HELEN A mulher da pedra está longe novamente?

EILEEN Ela está.

HELEN Ei, mulher da pedra!

EILEEN Arah, deixe ela, Helen, está bem?

HELEN (*pausa*) Ah, eles nunca vão conseguir capturar esse tubarão de merda. Eles estão nisso pela porra de uma hora agora, é o que parece.

BARTLEY Uh-huh. Três minutos seria mais exato.

HELEN Se fosse *eu* que tivesse um papel neste filme, o filho da mãe não iria durar tanto tempo. Uma boa pancada e todo mundo poderia ir pra casa.

BARTLEY Uma boa pancada com o machado do Ray Darcy, eu imagino.

HELEN Pare já com essa conversa de machado, você.

BARTLEY Pancada em tubarão não exige um esforço de pontaria maior do que pra trucidar um gato?

JOHNNY O que é isso que o Johnnypateen aqui está ouvindo?

HELEN agarra BARTLEY pelo cabelo e torce a cabeça dele com força enquanto JOHNNY faz uma anotação em uma caderneta.

HELEN Você, seu merda, espere só até eu te pegar lá em casa. Espere só, você, seu merda...

BARTLEY Ah, isso machuca, Helen, isso machuca...

HELEN Claro que machuca. E é mesmo pra machucar, seu merda...

BOBBY Deixe o Bartley em paz agora, Helen.

HELEN Na sua bunda você aí, Babbybobby Bennett, seu sonegador de beijos de merda. *Você* gostaria de sair comigo?

BOBBY Eu não gostaria.

HELEN Então feche esse buraco aí.

BOBBY Seja como for, não se houver beijos envolvidos.

HELEN liberta BARTLEY bruscamente.

JOHNNY Uma pequena notinha agora que o Johnnypateen aqui fez pra si mesmo. Seja como for, no mínimo, o lado de um cordeiro do Patty Brennan ou do Jack Ellery essa notícia vai me render. Eheh.

HELEN Então você vai comer esse cordeiro com o pescoço quebrado se essa notícia circular antes que o Jack e o Pat tenham me pago, seu filho da mãe.

JOHNNY Oh, sim.

BARTLEY (*pausa*) Olhem só para o tamanho do nariz daquele sujeito. (*Pausa.*) Olhem só para o tamanho do nariz daquele sujeito, eu disse.

KATE Você continua caindo em algum buraco desde então, Bartley?

BARTLEY Oh, minha senhora, com certeza eu não tinha sete anos quando caí naquele maldito buraco que eu caí? Você tem que ficar trazendo isso todo ano?

HELEN (*pausa*) Oh, eles ainda não pegaram esse tubarão de merda! É tão difícil assim?

HELEN atira um ovo na tela.

BOBBY Oh, não arremesse mais nenhum ovo no filme, Helen. Os cinco que você arremessou na coitada da mulher lá não foram suficientes?

HELEN Nem perto de serem suficientes. Eu não consegui acertar no gogó dela uma única vez, essa puta. Ela continua se mexendo.

BOBBY Seja como for, você vai acabar com o lençol do homem dos ovos.

HELEN Ah, o lençol do homem dos ovos está acostumado a ficar sujo de ovo.

BARTLEY Como você sabe que os lençóis do homem dos ovos estão acostumados a ficar sujos de ovo, Helen?

HELEN Ahn, a filha do Jim Finnegan me contou.

MAMMY (*pausa*) Ah, porque eles simplesmente não deixam o coitado do tubarão em paz? Ele não estava fazendo nenhum mal.

JOHNNY Claro, que tipo de história seria essa, deixar um tubarão em paz! Nós queremos um tubarão morto.

BOBBY Um tubarão morto, sim, ou um tubarão sem orelhas.

JOHNNY Um tubarão morto, sim, ou um tubarão que beijou uma garota de dentes verdes em Antrim.

BOBBY Você quer levar uma cintada, quer, mencionando garotas de dentes verdes?

JOHNNY Bem, você interrompeu a discussão com a minha mãezinha sobre o tubarão.

MAMMY Eles deveriam dar uma cintada no tubarão, então deixar o coitado do menino em paz.

JOHNNY Por que você de repente caiu de amores por tubarões? Não foi um tubarão que devorou o papai?

MAMMY *Foi* um tubarão que devorou o papai, mas Jesus disse que a gente deve perdoar e esquecer.

JOHNNY Ele não disse que a gente deve perdoar e esquecer tubarões.

BARTLEY (*pausa*) Seja como for, tubarões não têm orelhas, só pra começar. (*Pausa. Eles olham para ele.*) O Babbybobby estava falando de um tubarão sem orelhas. (*Pausa.*) Seja como for, tubarões não têm orelhas, só pra começar.

JOHNNY Já passamos dessa conversa sobre orelhas, você, seu imbecil.

BARTLEY E onde estamos agora?

JOHNNY Estamos em Jesus perdoando os tubarões.

BARTLEY Oh, sim, esse é um tópico tremendamente extraordinário pra uma conversa.

HELEN Eu sempre preferi Pôncio Pilatos a Jesus. Jesus sempre me pareceu muito cheio de si.

BARTLEY Jesus uma vez conduziu mil porcos até o mar, vocês já ouviram essa história? Afogou todos os pobres-diabos. Eles sempre passam por cima dessa história na escola.

KATE Eu não sabia que Jesus conseguia conduzir.

HELEN Minha senhora? Você ficou maluca, não ficou, minha senhora? Você não ficou maluca?

KATE Eu não fiquei maluca.

HELEN Ficou. A sua pedra estava me contando agora há pouco.

KATE O que a minha pedra te contou?

HELEN Você ouviu essa, Bartley? "O que a minha pedra te contou?"

JOHNNY Naturalmente que a coitada da Kate ficou maluca, Helen, com o menino que ela criou e amou por dezesseis anos preferindo levar sua tuberculose pra Hollywood pra morrer lá, em vez de aguentar por aqui na companhia dela.

EILEEN fica de pé com as mãos na cabeça e se volta para confrontar JOHNNY. BOBBY faz o mesmo.

EILEEN (*atordoada*) O quê? O quê?

JOHNNY Foda-se.

BOBBY agarra JOHNNY bruscamente e o arrasta.

BOBBY Eu não te disse?! Eu não te disse?!

JOHNNY Claro, elas não têm o direito de saber sobre a morte do bebezinho adotado delas, que apunhalou as duas pelas costas sem pedir licença?

BOBBY Você não consegue guardar nada pra si mesmo?

JOHNNY O Johnnypateenmike aqui nunca foi um homem de segredos.

BOBBY Então já pra fora, você, e vamos ver se você consegue manter essa surra em segredo.

JOHNNY Você vai amedrontar a minha mãezinha, Babbybobby, você vai amedrontar a minha mãezinha...

MAMMY Ah, não vai, não, Bobby. Vá em frente e dê mesmo uma boa surra nele.

JOHNNY Aquela foi a última omelete que você já comeu na minha casa, sua puta!

MAMMY Seja como for, omeletes de cenoura não têm saída.

JOHNNY Você nunca gosta de nada inovador!

JOHNNY é arrastado para fora por BOBBY pela direita. O som de seus gritos vai ficando cada vez mais distante. EILEEN está de pé na frente de BARTLEY, ainda com as mãos na cabeça.

EILEEN O que foi isso que o Johnnypateen estava dizendo sobre...

BARTLEY Você se importaria de sair da minha frente, minha senhora, não estou conseguindo ver.

EILEEN encaminha-se para MAMMY.

HELEN Seja como for, que porra tem aí pra se ver, além de mais sujeitos molhados usando blusas horríveis?

EILEEN Sra. O'Dougal, o que era isso agora que o seu Johnny estava dizendo?

MAMMY (*pausa*) Tuberculose é o que eles dizem que o seu Aleijado Billy tem, Eileen.

EILEEN Não...!

MAMMY Ou, seja como for, eles dizem que ele *tinha*. Isso foi dito ao Billy quatro meses atrás, e foi dito que ele só tinha mais três meses de vida.

BARTLEY Isso significa que ele provavelmente está morto há um mês, minha senhora. Esta é uma subtração simples. Quatro menos três.

EILEEN Ah, claro, se essa for somente mais uma velha fofoca do seu Johnnypateen, eu não vou acreditar de jeito nenhum no que você...

MAMMY Sim, se fosse uma fofoca do Johnnypat você não precisaria se importar uma titica que fosse com isso, mas essa é uma notícia do Babbybobby. O Aleijado Billy mostrou pra ele uma carta do McSharry na noite anterior à partida deles de barco. Com certeza o Babbybobby nunca teria levado o Aleijado Billy, só que o seu coração sentiu pena dele. A Annie do Bobby não morreu da mesma coisa?

EILEEN Ela morreu, e em agonia ela morreu. Oh, o Aleijado Billy. Os dias e as noites em que eu amaldiçoei ele por não escrever pra nós, mas como ele poderia ter escrito pra nós afinal?

HELEN Quando ele estava enterrado a seis palmos debaixo da terra. Sim, essa seria uma tarefa tremendamente difícil.

EILEEN Mas... mas eu perguntei ao doutor McSharry cinco ou seis vezes, e o McSharry disse que não havia absolutamente nada de errado com o Billy.

MAMMY Claro, eu imagino que ele estava apenas tentando não te machucar, Eileen, assim como todo mundo em volta. (*Pausa.*) Eu sinto muito, Eileen.

HELEN e BARTLEY ficam de pé e se espreguiçam, enquanto o filme acaba. EILEEN senta-se, em lágrimas.

HELEN Oh, graças a Deus que essa merda acabou. Um monte de bosta do caralho.

O filme é *rebobinado, deixando a tela em branco. Uma luz permanece atrás dela, iluminando a silhueta de BILLY sobre a tela, que somente KATE enxerga. Ela fica de pé e a encara.*

MAMMY (*locomovendo-se para fora*) Então no final eles conseguiram capturar o tubarão, Helen?

HELEN Ah, aquilo afinal não era mesmo um tubarão, minha senhora. Era um sujeito alto usando um casaco cinza pesado.

MAMMY Como você sabe, Helen?

HELEN Eu não dei uns beijos no sujeito pra prometer que ia me colocar no seu próximo filme, e não dei um pontapé no saco dele quando ele não cumpriu sua promessa?

MAMMY Toda essa confusão por causa de um sujeito usando um casaco cinza pesado. Não sei, não.

HELEN Seja como for, ele não vai interpretar mais nenhum tubarão por um bom tempo, minha senhora, depois do pontapé que eu dei no filho da mãe.

HELEN e MAMMY saem. BARTLEY está de pé encarando a silhueta de BILLY, que ele acabou de avistar. EILEEN, chorando, ainda está de costas para ela. KATE puxa o lençol para trás, revelando BILLY, vivo e bem.

HELEN (*fora. Chamando*) Você está vindo, você, seu filho da mãe?

BARTLEY Estou indo em um minuto.

BILLY Eu não quis interromper vocês antes do filme acabar.

EILEEN se volta, o vê, surpreendida. KATE deixa sua pedra cair e abraça BILLY.

BARTLEY Olá, Aleijado Billy.

BILLY Olá, Bartley.

BARTLEY Acabando de voltar da América, você?

BILLY Estou.

BARTLEY Uh-huh. (*Pausa.*) Você trouxe as minhas gominhas Yalla?

BILLY Não trouxe, Bartley.

BARTLEY Ara, que merda Billy, você prometeu.

BILLY Eles só tinham Fripple-Frapples.

BILLY atira um pacote de doces para BARTLEY.

BARTLEY Ah, fiquei todo arrepiado, Fripple-Frapples servem do mesmo jeito. Obrigado, Aleijado Billy.

KATE Você não está morto coisa nenhuma, está, Billy?

BILLY Não estou não, tia Kate.

KATE Bem, isso é bom.

BARTLEY O que foi tudo isso então, Billy?

BILLY Ah, apenas eu mesmo escrevi aquela carta do médico pra enganar o Babbybobby pra que ele me levasse, quando não havia absolutamente porra nenhuma de errado comigo.

BARTLEY Você é tremendamente esperto pra um garoto aleijado, Billy. Você tirou essa ideia do *Biggles vai pra Bornéu*?[10] Quando o Biggles fala pra bala de canhão que ele está com sarampo, então a bala de canhão afinal acaba por não devorar o Biggles?

BILLY Não, eu mesmo tive essa ideia, Bartley.

BARTLEY Bem, agora, ela parece tremendamente similar, Billy.

BILLY Bem, eu mesmo tive essa ideia, Bartley.

BARTLEY Bem, então você é ainda mais esperto do que eu pensei que você fosse, Billy. Você tirou uma da cara de cada mendigo aqui de Inishmaan, todos pensaram que você tinha batido as botas, feito uns debiloides, inclusive eu. Muito bem.

[10] Referência ao personagem fictício Biggles, criado pelo Capitão W. E. Johns (1893-1968), um piloto inglês da Primeira Guerra que escreveu mais de cem livros narrando as viagens do seu aventureiro dos ares para diferentes destinos. Originalmente, o volume *Biggles in Borneo* foi publicado em 1943, e o título é citado aqui incorretamente e de forma anacrônica. O enredo discorre sobre as interações do protagonista com um grupo de nativos, apresentados como selvagens sub-humanos, criando um paralelo interessante com a representação feita por Robert Flaherty em seu filme sobre o homem das ilhas Aran.

EILEEN Não de todo mundo aqui de Inishmaan. Alguns de nós acreditamos que você apenas tinha fugido, e fugido porque não tinha estômago pra olhar para aquelas que te criaram.

BILLY Nem por um segundo isso foi verdade, tia Eileen, e o motivo pra eu ter voltado não foi que eu não consegui aguentar ficar separado de vocês por muito tempo? Não fiz a minha audição há menos de um mês e não tive os ianques me dizendo que o papel era meu? Mas eu tive que dizer pra eles que não tinha jeito, que não importava quanto dinheiro eles iriam me oferecer, porque agora eu sei que Hollywood não é o lugar pra mim. É aqui em Inishmaan, com as pessoas que me amam, e as pessoas que eu amo também.

KATE o beija.

BARTLEY Então a Irlanda não pode ser um lugar tão ruim assim, se sujeitos aleijados rejeitam Hollywood pra vir pra Irlanda.

BILLY Pra falar a verdade, Bartley, não foi absolutamente uma coisa tão grandiosa assim rejeitar Hollywood, com o texto com cara de bunda que me fizeram ler pra eles. "Não é que eu consigo ouvir as mensageiras da morte lamentando por mim, mesmo estando tão longe de casa, da minha ilha estéril?" (*BARTLEY ri.*) "Eu sou um irlandês, por Deus! Com um coração e um espírito dentro de mim estropiados por cem anos de opressão. Vou agora mesmo pegar o meu porrete,[11] e vocês vão ver." Um monte de bosta. E então me fizeram cantar o "Croppy Boy"[12] de merda.

[11] "*Shillelagh*", no original. Trata-se de um bastão grosso e pesado de madeira, com muitos nódulos na superfície, tradicionalmente usado como uma arma na Irlanda.

[12] Ver nota 9 à pág. 99.

KATE Claro, eu acho que ele seria um pequeno grande ator, você não acha, Eileen?

BARTLEY Que texto mais engraçado, Aleijado Billy. Repita outra vez.

KATE Estou indo pra casa e vou arejar o seu quarto pra você, Billy.

BARTLEY Ahn, você esqueceu a sua pedra ali, minha senhora. Agora, você não pode querer bater um papo no caminho?

KATE Ah, eu vou deixar a minha pedra. Eu tenho o meu garoto Billy de volta agora pra conversar, não tenho, Billy?

BILLY Tem sim, tia. (*KATE sai.*) Oh, ela não começou com as malditas pedras novamente, começou?

BARTLEY Começou. Fala com elas dia e noite, e todo mundo ri dela, inclusive eu.

BILLY Você não deveria rir dos infortúnios das outras pessoas, Bartley.

BARTLEY (*confuso*) Por quê?

BILLY Eu não sei por quê. Apenas que você não deveria, é tudo.

BARTLEY Mas é tremendamente engraçado.

BILLY Mesmo assim.

BARTLEY Beeem, eu não concordo com você nisso aí, mas como você me trouxe os Fripple-Frapples, então não vou discutir a questão. Mais tarde você vai me contar tudo sobre o quanto a América é extraordinária, Aleijado Billy?

BILLY Vou sim, Bartley.

BARTLEY Você viu alguns telescópios enquanto você esteve por lá?

BILLY Não vi.

BARTLEY (*decepcionado*) Oh. E que tal a minha tia Mary em Boston, Massachusetts? Você viu ela? Ela tem um cabelo castanho engraçado.

BILLY Não vi, Bartley.

BARTLEY Oh. (*Pausa.*) Bem, seja como for, eu estou contente que você não esteja morto, Aleijado Billy.

BARTLEY sai.

BILLY (*pausa*) Isso é tudo o que o Bartley quer ouvir, o quanto a América é extraordinária.

EILEEN E então, não é?

BILLY Na verdade, é apenas igual a Irlanda. Cheia de mulheres gordas com barba. (*EILEEN se levanta, vai até BILLY e dá um tapa na cabeça dele.*) Aargh! Por que você fez isso?!

EILEEN Esqueça as mulheres gordas com barba! Teria te matado escrever uma carta esse tempo todo que esteve longe? Não, não teria, e nem uma palavra. Nem uma bendita palavra!

BILLY Ah, tia, eu estava tremendamente ocupado.

EILEEN Uh-huh. Ocupado demais pra escrever pra suas tias, que estavam doentes de tanta preocupação com você, mas não ocupado demais pra ir comprar Fripple-Frapples pra um garoto debiloide, e somente pra mostrar o grande homem que você pensa que é.

BILLY Ah, leva apenas um minuto pra comprar Fripple-Frapples, claro. Essa é uma comparação justa?

EILEEN Não fique aí usando palavras afetadas comigo quando você sabe que está errado.

BILLY Claro, "comparação" não é uma palavra afetada.

EILEEN Senhor ianque todo-poderoso agora eu vejo que isso é.

BILLY E eu achei o sistema postal da América tremendamente complicado.

EILEEN É uma desculpa qualquer pra você. Bem, não espere que eu vá perdoar e esquecer tão rápido quanto aquela lá. Ela perdoou somente porque ficou meio perturbada por sua causa. Você não vai me pegar assim tão fácil!

BILLY Ah, não seja assim, tia.

EILEEN (*saindo*) Eu *vou* ser assim. Eu *vou* ser assim. (*Longa pausa, a cabeça de BILLY abaixada. A cabeça de EILEEN volta a aparecer.*) E eu imagino que você também vai querer bolinhos de batata para o seu chá?!

BILLY Eu gostaria, tia.

EILEEN Tááhh!

Ela sai novamente. Pausa. BILLY olha para o lençol/tela, puxa-o de volta para suas dimensões originais e permanece de pé lá olhando para ele, acariciando-o ligeiramente, perdido em pensamentos. BOBBY entra discretamente pela direita, BILLY o percebe depois de um momento.

BILLY Babbybobby. Eu me atrevo a dizer que te devo uma explicação.

BOBBY Não há necessidade de explicar, Billy.

BILLY Eu quero, Bobby. Veja, eu nunca pensei absolutamente que este dia chegaria, quando eu teria que explicar. Eu esperava que fosse desaparecer pra sempre na América. E eu teria desaparecido mesmo, se eles tivessem me aceitado lá. Se eles tivessem me aceitado para o filme. Mas eles não me aceitaram. Eles contrataram um rapaz loiro de Fort Lauderdale em vez de mim. Ele não era em absoluto um aleijado, mas o ianque disse: "Ah, melhor ter um sujeito normal que consiga representar um aleijado do que um sujeito aleijado que absolutamente não consegue representar porra nenhuma". Exceto que ele disse isso mais grosseiramente. (*Pausa.*) Eu achei que tivesse me saído muito bem na minha atuação. Fiquei lá ensaiando horas no meu hotel. E tudo em vão. (*Pausa.*) Seja como for, eu tentei. Eu tinha que tentar. Eu tinha que dar o fora deste lugar, Babbybobby, de qualquer jeito, assim como o meu pai e a minha mãe tiveram que dar o fora deste lugar. (*Pausa.*) Pensava com frequência em me afogar quando eu estava aqui, apenas pra... apenas pra que parassem de rir de mim, e de falar mal de mim, e pra acabar com a vida de não fazer nada a não ser arrastar os pés até o médico e arrastar os pés de volta do médico e folhear os mesmos livros velhos e encontrar alguma outra maneira de jogar fora mais um dia. Mais um dia de risadinhas, ou de tapinhas na minha cabeça, como se eu fosse um idiota com o cérebro avariado. O órfão do vilarejo. O aleijado do vilarejo, e nada mais. Bem, existe bastante gente por aqui tão aleijada quanto eu, somente que não é do lado de fora que isso aparece. (*Pausa.*) Mas o fato é, você não é um deles, Babbybobby, nem nunca foi. Você tem um coração bondoso. Eu imagino que seja por isso que foi tão fácil te enganar com a carta sobre a tuberculose, mas é por isso que eu fiquei tão triste por te enganar naquele momento, e por isso é que fico tão triste agora. Especialmente por ter te enganado com a mesma coisa que levou a sua senhora. Eu apenas pensei que seria mais eficaz. Mas no longo prazo eu pensei, ou esperei, que se você tivesse que escolher entre ser enganado por um tempo e eu dar cabo de mim, fosse o que fosse, uma vez que a sua raiva tivesse passado, você escolheria ser enganado toda vez. Eu estava errado, Babbybobby? Estava?

BOBBY lentamente caminha até BILLY, para bem na frente dele e deixa um pedaço de cano de chumbo escorregar de dentro da manga para sua mão.

BOBBY Sim.

BOBBY levanta o cano...

BILLY Não, Bobby, não...!

BILLY se protege enquanto golpes do cano são desferidos contra ele. Blecaute com os sons de BILLY gritando de dor e dos golpes do cano sendo desferidos repetidas vezes.

CENA NOVE

O armazém, tarde da noite. O DOUTOR está cuidando do rosto ferido e ensanguentado de BILLY. KATE está no balcão, EILEEN à porta, olhando para fora.

EILEEN O Johnnypateenmike está bem perto de percorrer a ilha inteira com a notícia do retorno do Billy pra nós.

KATE Este é um grande dia pra notícias.

EILEEN Ele tem um pão em uma mão e uma perna de cordeiro debaixo de cada braço.

KATE O retorno do Billy e a prisão do Babbybobby, e então a filha do Jim Finnegan indo para o convento. Esta foi a maior surpresa.

EILEEN As freiras devem estar atrás de qualquer uma se permitiram que a filha do Jim Finnegan se juntasse a elas.

KATE Os padrões das freiras devem ter caído.

BILLY Por que a filha do Jim Finnegan não poderia se tornar uma freira, claro? É somente pura fofoca que a filha do Jim Finnegan seja uma vadia.

DOUTOR Não. A filha do Jim Finnegan é uma vadia.

BILLY Ela é?

DOUTOR Sim.

BILLY Como você sabe?

DOUTOR Apenas acredite em mim.

EILEEN Ele não é um médico?

BILLY (*pausa*) Eu apenas não gosto que as pessoas fiquem fofocando sobre pessoas, é tudo. Eu mesmo não tive que aguentar bastante disso a minha vida inteira?

DOUTOR Mas não foi você mesmo quem começou metade da fofoca sobre você, com as suas cartas forjadas, supostamente minhas, que você ainda vai ter que explicar?

BILLY Sinto muito por esse negócio da carta, doutor, mas não era a única avenida que ficou aberta pra mim?

EILEEN Agora são "avenidas", vocês ouviram?

KATE É sempre essa linguagem afetada quando eles retornam da América.

EILEEN Avenidas. Não sei, não.

BILLY Tias, eu acho que o doutor deve estar querendo uma caneca de chá, vocês duas poderiam ir lá e providenciar uma pra ele?

EILEEN Você está querendo se ver livre de nós? Se for isso, então apenas diga.

BILLY Eu estou querendo me ver livre de vocês.

EILEEN o encara por um momento, então as duas saem acabrunhadas para o quarto dos fundos.

DOUTOR Agora, você não deveria falar com elas desse jeito, Billy.

BILLY Ah, elas ficam falando sem parar.

DOUTOR Eu sei que ficam, mas elas são mulheres.

BILLY Eu imagino. (*Pausa.*) Você me contaria uma coisa, doutor? O que você se lembra da minha mãe e do meu pai, as pessoas que eles foram?

DOUTOR Por que você pergunta?

BILLY Oh, apenas porque quando eu estava lá na América com frequência eu pensava neles, o que eles teriam feito se tivessem chegado lá. Não era pra onde eles estavam indo na noite em que se afogaram?

DOUTOR Dizem que era. (*Pausa.*) Até onde eu consigo me lembrar, eles não eram as pessoas mais bacanas. O seu pai era um velho bêbado durão, raramente dava um tempo em suas brigas.

BILLY Ouvi dizer que a minha mãe era uma mulher bonita.

DOUTOR Não, não, ela era tremendamente feia.

BILLY Ela era?

DOUTOR Oh, ela assustaria um porco. Mas, ah, ela parecia ser uma mulher bastante agradável, apesar da aparência, ainda que o bafo dela, bem, ele te nocautearia.

BILLY Dizem que o meu pai esmurrava minha mãe enquanto ela estava grávida de mim e foi por isso que eu saí desse jeito.

DOUTOR Uma doença foi o que fez você ter saído desse jeito, Billy. Nada de murros, absolutamente. Não fique aí romantizando isso. (*BILLY tosse/ofega ligeiramente.*) Vejo que você ainda está com seu chiado.

BILLY Eu ainda estou com um pouquinho do meu chiado.

DOUTOR Esse chiado está demorando muito tempo pra passar. (*Ele usa um estetoscópio para examinar o peito de BILLY.*) Ele ficou pior, ou melhor, desde que você viajou? Inspire.

BILLY Talvez um pouquinho pior.

O DOUTOR ausculta as costas de BILLY.

DOUTOR Mas você não tem cuspido sangue, ah, não.

BILLY Ah, um pouquinho de sangue. (*Pausa.*) De vez em quando.

DOUTOR Expire. Qual é a frequência desse de vez em quando, Billy?

BILLY (*pausa*) A maioria dos dias. (*Pausa.*) É tuberculose, não é?

DOUTOR Eu vou ter que fazer mais exames.

BILLY Mas parece tuberculose?

DOUTOR Parece tuberculose.

BILLY (*discretamente*) Há uma coincidência!

JOHNNY entra discretamente, tendo estado a escutar à *porta, um pão na mão, uma perna de cordeiro embaixo de cada braço, que ele carrega ao longo da cena.*

JOHNNY É tuberculose no fim das contas?

DOUTOR Oh, Johnnypateen, você nunca vai parar de ficar escutando atrás das portas?

JOHNNY Que o Senhor nos proteja, mas eu tenho certeza que foi Deus quem enviou essa tuberculose para o Aleijado Billy, por ele ter alegado que tinha tuberculose quando ele não tinha tuberculose e por fazer as notícias do Johnnypateen aqui parecerem duvidosas.

DOUTOR Deus não envia tuberculose para as pessoas, Johnnypateen.

JOHNNY Ele envia, *sim*, tuberculose para as pessoas.

DOUTOR Agora, ele não envia.

JOHNNY Bem, ele não enviou úlceras para os egípcios, que é uma coisa igualmente ruim?

DOUTOR Bem, úlceras são diferentes de tuberculose, Johnnypateen, e *não*, ele *não* enviou úlceras para os egípcios.

JOHNNY No tempo dos egípcios.

DOUTOR Não, ele não enviou.

JOHNNY Bem, ele fez alguma coisa para aqueles egípcios de merda!

BILLY Ele matou os filhos primogênitos deles.

JOHNNY Ele matou os filhos primogênitos deles e, sim, fez chover rãs em cima deles. Temos aqui um garoto que conhece as escrituras. As suas tias já sabem que você tem tuberculose, Aleijado Billy?

BILLY Não, elas não sabem, e você não vai contar pra elas.

JOHNNY Claro, é o meu trabalho contar pra elas!

BILLY Não é absolutamente o seu trabalho contar pra elas, e você já não tem notícias suficientes pra um dia? Você não pode me fazer um favor pelo menos uma vez na vida?

JOHNNY Pelo menos uma vez na vida, é? (*Suspirando.*) Ah, então eu não vou contar pra elas.

BILLY Obrigado, Johnnypateen.

JOHNNY O Johnnypateen aqui tem um coração bondoso, é um homem cristão.

DOUTOR Ouvi dizer que você esteve alimentando a sua mãe com cachaça[13] durante a exibição do filme hoje, Johnnypateen.

JOHNNY Eu não sei onde ela arranjou aquela cachaça. Ela é o diabo, você não sabe?

DOUTOR Onde está a sua mãe agora?

JOHNNY Ela está em casa. (*Pausa.*) Estatelada no pé da minha escada.

DOUTOR O que ela está fazendo estatelada no pé da sua escada?

JOHNNY Nada. Está apenas estatelada. Ah, ela parece bastante feliz. Está acompanhada de uma cerveja.

DOUTOR Como ela *conseguiu* ficar estatelada no pé da sua escada?

JOHNNY Rolando degraus abaixo! Como é que você geralmente consegue ficar estatelado no pé da escada de um camarada?

DOUTOR E você apenas deixou ela lá?

JOHNNY É o meu trabalho ir juntar ela?

DOUTOR É, sim!

JOHNNY Claro, eu não tinha trabalho pra fazer com a divulgação das minhas notícias? Eu tenho coisas melhores pra fazer do que ficar juntando mamãezinhas. Você viu as duas pernas de cordeiro que eu consegui, e um pãozinho também? Este é um grande dia.

O DOUTOR arruma sua maleta preta, atordoado, enquanto JOHNNY contempla sua carne.

[13] Ver nota 4 à pág. 67.

DOUTOR Estou de partida agora, Billy, pra casa do Johnnypateen, pra ver se a mãe dele está viva ou morta. Você vem me ver amanhã, para aqueles exames adicionais?

BILLY Vou, sim, doutor.

O DOUTOR sai encarando JOHNNY o tempo todo. JOHNNY senta-se ao lado de BILLY.

JOHNNY A minha mãezinha não está estatelada coisa nenhuma no pé da minha escada. É que eu simplesmente não suporto a companhia desse chato de merda.

BILLY Isso não foi uma coisa muito bacana de se fazer, Johnnypateen.

JOHNNY Bem, você agora dificilmente é a maior autoridade do mundo em matéria de fazer coisas bacanas, não é, Aleijado Billy?

BILLY Eu imagino que não.

JOHNNY Ah, que mal tem? Faça o que quiser e que se fodam todos os outros é o lema do Johnnypateenmichael aqui.

BILLY Você ouviu o McSharry falando da minha mãe quando você estava escutando na porta?

JOHNNY Um pouquinho.

BILLY Ele estava correto sobre ela? (*JOHNNY dá de ombros.*) Oh, não é sempre nesse assunto que os seus lábios ficam selados, mas em qualquer outro assunto, de rixas por causa de gansos a sujeitos solitários mutilando ovelhas, os seus lábios não se agitam feito um repolho no vento?

JOHNNY Agora, sobre o assunto de rixas por causa de gansos, você soube da última? (*BILLY suspira.*) Bem, todos nós pensamos que o Jack Ellery e o Patty Brennan estavam propensos a matar um ao outro por causa do massacre do gato e do ganso deles, mas agora você quer saber? Uma criança viu eles lá, ainda esta manhã, beijando o rosto um do outro em um celeiro com feno. Pela minha vida que eu não consigo entender isso. Dois sujeitos se dando beijos, e dois sujeitos que nem mesmo gostavam um do outro.

BILLY (*pausa*) Você mudou de assunto, Johnnypateen.

JOHNNY Eu sou ótimo em mudar de assunto, sou. Qual era o assunto? Oh, seu pai e sua mãe afogados.

BILLY Eles eram como o McSharry diz?

JOHNNY Eles não eram, de jeito nenhum.

BILLY Não? E mesmo assim eles ainda me deixaram pra trás quando partiram de barco.

EILEEN retorna com uma caneca de chá.

EILEEN Eu trouxe o chá do doutor.

BILLY O doutor foi embora.

EILEEN Sem tomar o chá?

BILLY Evidentemente.

EILEEN Não fique usando palavras afetadas comigo novamente, Billy Claven.

JOHNNY Então eu vou tomar o chá do doutor, se isso vai evitar um conflito familiar. (*Ela entrega o chá para ele.*) O Johnnypateen aqui não poupa esforços pra ajudar as pessoas, e você tem algum biscoito aí, minha senhora?

BILLY Você está mudando de assunto novamente, não está?

JOHNNY Eu não estou mudando de assunto. Eu quero um biscoito.

EILEEN Nós não temos biscoitos.

JOHNNY Vou apostar que você tem um monte de biscoitos. O que você tem ali nas prateleiras atrás daquelas ervilhas?

EILEEN Nós temos mais ervilhas.

JOHNNY Você encomendou ervilhas demais. Um sujeito não pode sair comendo ervilhas com o seu chá. A menos que ele seja um sujeito esquisito. (*Ajeitando o cordeiro*) E de maneira alguma você poderia descrever o Johnnypateenmike aqui como um sujeito esquisito. Oh, não.

BILLY Johnnypateen. A minha mãe e o meu pai. A partida de barco deles.

EILEEN Oh, essa é uma notícia antiga, Billy. Apenas deixe ela pra lá...

JOHNNY Claro, se o garoto quer saber, deixe que ele saiba. Ele não está crescido e viajado o bastante agora pra ficar sabendo?

EILEEN Você não vai contar pra ele?

JOHNNY a encara por um momento.

JOHNNY Foi sobre a areia que eu encontrei eles naquela noite, olhando fixamente pra dentro da escuridão, a água rugindo, e eu não teria pensado mais coisa alguma sobre isso se não tivesse visto o saco cheio de pedras lá, amarrado nas mãos deles, enquanto puxavam ele pra dentro do barco. Era um saco velho de estopa, igual a um desses ali. Então eles entregaram você pra mim, depois começaram a remar para as águas profundas.

BILLY Então eles se mataram *mesmo* por minha causa?

JOHNNY Eles se mataram, sim, mas não pelos motivos que você pensa. Você acha que foi pra se livrar de você?

BILLY Claro, por que mais?

JOHNNY Conto pra ele? (*EILEEN assente com a cabeça.*) Foi uma semana antes disso que disseram pra eles pela primeira vez que você ia morrer se não conseguissem te levar para o Hospital Regional pra tomar medicamentos. Mas o tratamento custaria cem libras ou perto disso. Eles não tinham nada parecido com cem libras. Eu sei que você sabe que foi o seguro de vida deles que pagou pelo tratamento e te salvou. Mas você sabia que foi naquele mesmo dia que eu encontrei eles lá sobre a areia que eles solicitaram a indenização da apólice do seguro?

BILLY (*pausa*) Foi pra me salvar que eles se mataram?

JOHNNY O seguro pagou uma semana depois, e você estava fora de perigo antes que um mês tivesse se passado.

BILLY Então eles me amaram *mesmo*, a despeito de tudo.

EILEEN Eles te amaram *por causa* de tudo, Billy.

JOHNNY Essa não é uma notícia?

BILLY Essa é uma notícia. Eu precisava de uma boa notícia no dia de hoje. Obrigado, Johnnypateen.

Eles apertam as mãos e BILLY se senta.

JOHNNY De nada, Aleijado Billy.

BILLY *Billy.*

JOHNNY Billy. (*Pausa.*) Bem, eu estou indo pra casa, pra minha mãezinha. Com sorte ela vai ter caído morta quando o doutor invadir a casa, e nós dois vamos ter boas notícias no dia de hoje. (*Pausa.*) Minha senhora, você tem algum pagamento aí pela boa notícia do Johnnypateen aqui, e que não sejam ervilhas?

EILEEN Temos gominhas Yalla.

JOHNNY (*olhando para a embalagem*) O que são gominhas Yalla?

EILEEN Elas são gominhas que são Yalla.

JOHNNY (*pausa. Depois de considerar*) Não vou levar.

JOHNNY sai. Longa pausa.

BILLY Você deveria ter me contado antes, tia.

EILEEN Eu não tinha certeza de como você ia receber a notícia, Billy.

BILLY Ainda assim você deveria ter me contado. A verdade é sempre menos dura do que você receia que ela vai ser.

EILEEN Me desculpe, Billy.

Pausa. BILLY deixa que ela o abrace ligeiramente.

BILLY E me desculpe por ter usado a palavra "evidentemente" com você.

EILEEN E você deve mesmo se desculpar. (*Ela delicadamente dá um tapa no rosto dele, sorrindo. HELEN entra.*) Olá, Helen. O que você vai querer?

HELEN Não, eu vim apenas pra dar uma olhada nos ferimentos do Aleijado Billy. Ouvi dizer que foram profundos.

BILLY Olá, Helen.

HELEN Você está parecendo um idiota fodido com esse visual todo, Aleijado Billy.

BILLY Eu imagino que sim. Ahn, é a chaleira que eu estou ouvindo ferver agora lá nos fundos, tia?

EILEEN Eh? Não. Oh! (*Resmunga.*) Sim.

EILEEN sai para o quarto dos fundos, enquanto HELEN remove os curativos de BILLY para olhar embaixo deles.

BILLY Machuca um pouco arrancar isso, mesmo, Helen.

HELEN Ah, deixe de ser assim uma garotinha de merda, Aleijado Billy. Como foi na América?

BILLY Bem, bem.

HELEN Você viu algumas garotas por lá tão atraentes quanto eu?

BILLY Nenhuma.

HELEN Ou quase tão atraentes quanto eu?

BILLY Nenhuma.

HELEN Ou mesmo cem vezes *menos* atraentes do que eu?

BILLY Bem, agora, talvez uma ou duas.

HELEN cutuca com força o rosto dele.

BILLY (*com dor*) Aargh! Nenhuma, eu quis dizer.

HELEN Você apenas tome cuidado, você, Aleijado Billy.

BILLY Você tem que ser tão violenta, Helen?

HELEN Eu tenho que ser tão violenta, ou, seja como for, se eu não quiser que se aproveitem de mim, eu tenho que ser tão violenta.

BILLY Claro, ninguém se aproveita de você desde que você tinha sete anos de idade, Helen.

HELEN Seis está mais próximo da marca. Eu arrebentei um pároco com seis anos.

BILLY Então você não poderia amenizar um pouquinho a sua violência e ser uma garota mais doce?

HELEN Eu poderia, você tem razão nisso. E no dia seguinte eu poderia enfiar um espeto torto na minha bunda. (*Pausa.*) Eu acabei de perder o meu emprego com o homem dos ovos.

BILLY Por que você perdeu o seu emprego com o homem dos ovos, Helen?

HELEN Quer saber, pela minha vida que eu não consigo entender por quê. Talvez foi a minha falta de pontualidade. Ou por eu quebrar todos os ovos do homem dos ovos. Ou por dar um bom chute nele sempre que eu sentia vontade. Mas você não poderia chamar esses motivos de razoáveis.

BILLY Você não poderia de jeito nenhum, claro.

HELEN Ou por eu ter cuspido na esposa do homem dos ovos, mas você não poderia chamar esse motivo de razoável.

BILLY Por que você cuspiu na esposa do homem dos ovos, Helen?

HELEN Ah, a esposa do homem dos ovos simplesmente merece ser cuspida. (*Pausa.*) Eu ainda não te dei um bom chute por você ter ocupado um lugar em Hollywood que era meu por direito. Eu não tive que beijar quatro dos diretores do filme em Inishmore pra reservar o meu lugar que você ocupou sem um único beijo?

BILLY Mas só tinha *um* diretor do filme em Inishmore naquele momento, Helen. Aquele homem, Flaherty. E eu absolutamente não vi você perto dele.

HELEN Quem é que eu estava beijando então?

BILLY Eu acho que em sua maioria eram os garotos da estrebaria que conseguiam fazer o sotaque americano.

HELEN Os filhos da puta! Você não poderia ter me avisado?

BILLY Eu ia te avisar, mas você parecia estar se divertindo.

HELEN Você consegue um beijo razoável de um garoto de estrebaria, é bem verdade. Eu provavelmente sairia com um garoto de estrebaria, se é pra falar a verdade, se não fosse pelo cheiro de bosta de porco que sai deles.

BILLY Então você não está saindo com ninguém neste momento?

HELEN Não estou.

BILLY (*pausa*) Eu, eu nunca fui beijado.

HELEN Naturalmente que você nunca foi beijado. Você é um garoto aleijado com uma aparência engraçada.

BILLY (*pausa*) É engraçado, mas quando estava na América, eu tentava pensar em todas as coisas que eu sentiria falta de casa, se tivesse que ficar na América. Sentiria falta da paisagem, eu pensava? Das paredes de pedra, e das vielas, e do verde, e do mar? Não, eu não sentiria falta disso. Eu sentiria falta da comida? As ervilhas, as batatas, as ervilhas, as batatas e as ervilhas? Não, eu não sentiria falta disso. Eu sentiria falta das pessoas?

HELEN Esse pronunciamento vai continuar por muito mais tempo?

BILLY Eu estava quase terminando. (*Pausa.*) Qual foi o meu último pedaço? Você me desviou...

HELEN "Eu sentiria falta das pessoas."

BILLY Eu sentiria falta das pessoas? Bem, eu sentiria falta das minhas tias, ou sentiria um *pouquinho* de falta das minhas tias. Eu não sentiria falta do Babbybobby com o seu bastão de chumbo ou do Johnnypateen com as suas notícias cretinas. Ou de todos os rapazes que costumavam rir de mim na escola, ou de todas as mocinhas que costumavam chorar se eu apenas falasse com elas. Pensando nisso, se Inishmaan afundasse no mar amanhã, e todo mundo aqui se afogasse, não haveria ninguém em especial que eu realmente sentiria falta. Quer dizer, ninguém mais a não ser você, Helen.

HELEN (*pausa*) Você sentiria falta das vacas que você fica encarando.

BILLY Oh, esse negócio de vacas tomou proporções muito exageradas. O que eu estava tentando desenvolver, Helen, era...

HELEN Oh, você estava tentando desenvolver alguma coisa, Aleijado Billy?

BILLY Eu estava, mas você fica me interrompendo.

HELEN Em frente então, desenvolva.

BILLY Eu estava tentando desenvolver... Chega uma hora na vida de todo sujeito quando ele tem que tomar coragem e tentar fazer alguma coisa, e ainda que ele saiba que existe uma chance em um milhão de ele conseguir, mesmo assim ele tem que arriscar, senão para que afinal estar vivo? Então, eu fiquei me perguntando, Helen, se talvez algum dia, sabe, quando você não estiver muito ocupada ou coisa parecida, se talvez... e eu sei perfeitamente que não sou grande coisa pra se olhar, mas eu fiquei pensando se talvez você poderia querer sair pra caminhar comigo alguma noite. Sabe, em uma ou duas semanas ou coisa parecida?

HELEN (*pausa*) Claro, por que eu ia querer sair pra caminhar com um garoto aleijado? E, seja como for, você não sairia pra caminhar, seria pra arrastar os pés, porque você não consegue caminhar. Eu teria que ficar esperando por você a cada cinco jardas.[14] Por que você e eu iríamos querer sair pra arrastar os pés?

BILLY Pela companhia.

HELEN Pela companhia?

BILLY E...

HELEN E o quê?

BILLY E pra ser do jeito dos namorados.

HELEN olha para ele por um segundo, então lenta e discretamente começa a rir/soltar risadinhas pelo nariz, enquanto se levanta e vai para a porta. Uma vez lá, ela se volta, olha para BILLY novamente, ri de novo e sai. BILLY permanece com seus olhos fixos no chão enquanto KATE entra de forma discreta, vinda do quarto dos fundos.

[14] Medida que equivale, aproximadamente, a quatro metros e meio.

KATE Seja como for, ela não é uma garota bacana, Billy.

BILLY Você estava ouvindo, tia Kate?

KATE Eu não estava ouvindo ou, tudo bem, eu estava ouvindo um pouquinho. (*Pausa.*) Você, espere até que uma garota bacana apareça, Billy. Uma garota que afinal não se importe com a sua aparência. Que apenas enxergue o seu coração.

BILLY Quanto tempo vou ficar esperando que uma garota como essa apareça, tia?

KATE Ah, não por muito tempo, absolutamente, Billy. Talvez um ano ou dois. Ou no máximo cinco.

BILLY Cinco anos...

BILLY assente com a cabeça, levanta-se, ofega ligeiramente e sai para o quarto dos fundos. KATE começa a arrumar e a fechar o armazém. EILEEN entra, ajudando-a. O som de BILLY tossindo ao longe na casa de vez em quando.

EILEEN Por que o Aleijado Billy está parecendo tão melancólico?

KATE Billy convidou a Helen Desastrada pra sair pra caminhar com ele, e a Helen disse que preferiria sair pra caminhar com um macaco de cabeça partida.

EILEEN Que jeito de falar mais descritivo pra Helen Desastrada!

KATE Bem, eu empetequei um pouquinho.

EILEEN Foi o que eu pensei. (*Pausa.*) Na verdade, o Aleijado Billy deveria almejar alguém inferior a Helen.

KATE O Aleijado Billy deveria *mesmo* almejar alguém inferior a Helen.

EILEEN O Billy deveria almejar as garotas feias que são imbecis, e então se dar bem.

KATE O Billy na verdade deveria ir pra Antrim. Ele ficaria bem, longe daqui. (*Pausa.*) Mas o Billy provavelmente não gosta de garotas feias que sejam imbecis.

EILEEN Com certeza não existe nada que agrade ao Billy.

KATE Nada.

EILEEN (*pausa*) E você perdeu a história que o Johnnypateen inventou, Kate, sobre a mãe e o pai do Billy amarrando um saco de pedras nas mãos e se afogando pelo dinheiro do seguro que salvou ele.

KATE As histórias que o Johnnypateen inventa. Quando foi o coitado do Billy que eles amarraram naquele saco de pedras, e o Billy ainda estaria no fundo do mar até hoje se não tivesse sido pelo Johnnypateen ter saído nadando pra salvar ele.

EILEEN E então ter roubado as cem libras da mãezinha dele pra pagar pelo tratamento do Billy no hospital. A gente deveria contar a história verdadeira para o Billy algum dia, Kate.

KATE Com certeza essa história só deixaria o Billy triste, ou coisa parecida, Eileen.

EILEEN Você acha? Ah, seja como for, tem tempo de sobra pra contar essa história para o Billy.

KATE Tempo de sobra. (*As duas terminam de fechar, EILEEN tranca a porta, KATE baixa a luz do candeeiro.*) Esta vai ser a primeira noite de sono razoável que eu vou ter em muitos meses, Eileen.

EILEEN Eu sei que vai, Kate. E agora você parou de vez com suas travessuras com a pedra?

KATE *Parei.* Elas apenas acontecem quando eu fico preocupada, e, você sabe, eu sei que escondo isso bem, mas eu me preocupo tremendamente com o Billy quando ele está longe de nós.

EILEEN Eu também me preocupo tremendamente com o Billy quando ele está longe de nós, mas tento deixar as pedras fora disso.

KATE Ah, vamos esquecer sobre as pedras. Nós temos o nosso Billy de volta conosco agora.

EILEEN Nós temos *mesmo* o nosso Billy de volta conosco. De volta pra sempre.

KATE De volta pra sempre.

As duas sorriem e saem para o quarto dos fundos, de braços dados. Depois de uma pausa, BILLY entra vindo dos fundos, fungando, e aumenta a luz do candeeiro, revelando seus olhos vermelhos e sua face manchada de lágrimas. Ele discretamente retira o saco da parede, coloca dentro dele inúmeras latas de ervilha até que esteja bem pesado, então amarra firmemente as cordas da parte superior do saco em volta de uma das mãos. Isto feito, ele para pra pensar por um momento, então arrasta os pés até a porta. Alguém bate nela. BILLY enxuga a face, esconde o saco atrás de si e abre a porta. A cabeça de HELEN surge do lado de dentro.

HELEN (*vigorosamente*) Tudo bem então, eu vou sair pra caminhar com você, mas somente em lugares onde nenhum filho da mãe possa nos ver, e quando estiver escuro, e nada de beijos ou apalpadelas, porque não quero você arruinando a porra da minha reputação.

BILLY Oh, está bem, Helen.

HELEN Ou, seja como for, nada de muitos beijos ou apalpadelas.

BILLY Amanhã estaria bom?

HELEN Amanhã não estaria bom de jeito nenhum. Amanhã não é a porra do aniversário do Bartley?

BILLY É? O que você vai dar pra ele?

HELEN Eu vou dar pra ele... e pela minha vida, não sei por que eu vou dar, porque sei que agora ele nunca vai parar de tagarelar sobre essa porra ou, seja como for, não vai parar de tagarelar até que eu dê um grande murro na cara de merda dele, e mesmo assim ele provavelmente não vai parar, mas não é que eu trouxe um telescópio para o filho da mãe?

BILLY Foi tremendamente bacana da sua parte, Helen.

HELEN Eu acho que devo estar ficando mole com a minha idade avançada.

BILLY Eu também acho.

HELEN Você acha?

BILLY Sim.

HELEN (*pudicamente*) Acha mesmo, Billy?

BILLY Acho.

HELEN Uh-huh. Isso parece moleza?

HELEN cutuca com força os curativos no rosto de BILLY. BILLY grita de dor.

BILLY Aargh! Não, não parece moleza!

HELEN Bom-oh. Então a gente se vê depois de amanhã pra porra da nossa caminhada.

BILLY A gente se vê.

HELEN beija BILLY brevemente, pisca para ele e puxa a porta atrás de si enquanto sai. BILLY permanece de pé lá, atordoado por um momento, então se lembra do saco amarrado na mão. Pausa. Ele o desamarra, recoloca as latas nas prateleiras e pendura o saco de volta na parede, afagando-o por um momento. Ele arrasta os pés em direção ao quarto dos fundos, sorrindo, mas para quando chega lá, tossindo copiosamente, com a mão na boca. Depois que para de tossir, ele afasta a mão e olha para ela por um momento. Está coberta de sangue. BILLY perde o sorriso, diminui a luz do candeeiro e sai para o quarto dos fundos. As luzes se apagam paulatinamente.

POSFÁCIO

Domingos Nunez

Martin McDonagh nasceu na Inglaterra em 1970, filho de pais irlandeses que, em 1991, voltaram a residir na Irlanda, deixando-o com seu único irmão mais velho na casa da família em um bairro operário ao sul de Londres. Influenciado por dramaturgos como David Mamet (1947-) e Harold Pinter (1930-2008), McDonagh descobriu sua própria voz dramatúrgica resgatando memórias de infância das sucessivas férias de verão que passou na casa de parentes, na Irlanda. À sua primeira peça de grande sucesso, *A Rainha da Beleza de Leenane* (1996), rapidamente seguiram outras duas, e o conjunto, produzido primeiramente pelo Druid Theatre, companhia teatral sediada em Galway, ficou conhecido como trilogia de Leenane. A despeito das afirmações controversas envolvendo seu pouco interesse pelo teatro e seu desprezo por temas políticos e sociais, que ele considera "maçantes", McDonagh passa a escrever na sequência outra série de peças que ficariam conhecidas como trilogia das ilhas Aran. Embora tenha declarado em uma entrevista de 2001 que sua decisão de situar as peças nessas ilhas foi bastante arbitrária — trabalhando no rascunho do que viria a ser *The Lieutenant of Inishmore* (2001), "para efeitos de enredo", ele precisava que a ação se passasse em "algum lugar da Irlanda que demorasse muito tempo para se chegar a partir de Belfast" (Lonergan, 2012, p. 58, minha tradução) —, no final, ele concorda e admite que as referidas ilhas foram a motivação e serviram de inspiração para escrever uma nova trilogia. Prova disso foi a estreia de *O aleijado de Inishmaan* em dezembro de 1996, no National Theatre, em Londres.

Significativamente, o motivo central da peça gira em torno da produção de um filme, reverberando assim o tipo de teatro que o dramaturgo se propõe a fazer, "um teatro que incorpora a maior quantidade de elementos cinematográficos possível", uma vez que ele mesmo afirma gostar "mais de cinema do que de teatro" (Green, 1998, p.13, minha tradução). Não por acaso, a terceira peça da trilogia, pensada originalmente como um texto teatral, acabou por se transformar em roteiro de cinema, que resultou no filme *Os Banshees de Inisherin*, produzido em 2022, escrito e dirigido pelo próprio autor e indicado ao Oscar daquele ano em várias categorias, incluindo melhor filme, melhor diretor e melhor roteiro original.

Portanto, McDonagh, desde o princípio, com *O aleijado de Inishmann*, explicitamente estabelece uma ligação com o cinema ao urdir um diálogo criativo com o filme *Homem de Aran*, de Robert Flaherty (1866-1951). A peça tem como pano de fundo as filmagens do documentário do cineasta norte-americano na ilha de Inishmore, no começo dos anos 1930, e alcançou sucesso internacional quando foi lançado em 1934. Entretanto, o dramaturgo-cineasta serve-se desse mote e contexto para fazer julgamentos mordazes da representação que Hollywood faz da Irlanda e seus estereótipos de um país amigável, generoso, magnífico e preservado, tanto quanto para questionar e desmantelar modelos e clichês do patriarcado, em foco já no título do filme. A figura maternal na película, que incansavelmente carrega fardos de alga penhasco acima para adubar um pequeno pedaço de terra, não encontra correspondência nas mulheres da peça. Elas não compartilham a mesma assiduidade e senso de obrigação. Pela perspectiva de gênero, a contestação desses valores é feita de forma expressa por Helen, personagem que reivindica para si o papel de protagonista do filme, cujo título, para ela, faria mais sentido se fosse "A Mocinha de Aran"; e faz isso em meio a uma linguagem repleta de insultos e palavrões, acompanhada de alguma violência física, particularidades que sublinham suas ações ao longo da narrativa e que historicamente não estão associadas ao comportamento de uma "mulher digna".

Reverberando essa linha contestatória, a peça tampouco pretende ter uma relevância iminente para a vida irlandesa, seguindo assim uma tradição do teatro irlandês, iniciada nos primeiros anos do século XX, com a fundação do Abbey Theatre e seu projeto de criação de um teatro nacional propenso à mitificação e ao uso da cultura popular para glamorizar um estilo de vida irlandês a ser veiculado também para o resto do mundo. Uma noção enfaticamente satirizada pela réplica recorrente na peça de que "a Irlanda não deve ser um lugar tão ruim assim", se ianques, franceses, alemães e até tubarões querem ir para lá. Ao contrário disso, pelo viés do cinema hollywoodiano, McDonagh leva em consideração a representação do país dentro de uma esfera cultural globalizada. A peça foi escrita considerando a Irlanda de um ponto de vista prioritariamente não irlandês, mas que se preocupa em como o país se apresenta internacionalmente.

Nesse sentido *O aleijado de Inishmaan* é sem dúvida uma crítica ao documentário de Flaherty, que é atacado por deturpar a vida das ilhas Aran ao pretender mostrar "a verdade" sobre a maneira como vivem e sobrevivem os nativos daquela parte do globo. Mas, ao mesmo tempo, McDonagh não faz esforço para apresentar uma visão alternativa à concepção do diretor norte-americano. Ele vai muito além disso ao criticar todas as formas de representação que reivindiquem autenticidade, destacando a importância de meramente se contar uma história. Nesse processo, ele termina por ressaltar as diferenças sutis que existem entre termos que geralmente são considerados sinônimos como a verdade, o real, o factual e o autêntico, sugerindo assim que sua peça manifestadamente ficcional pode se aproximar mais da verdade do que outras formas de expressão cultural, tais como a história, a mitologia nacional, os costumes folclóricos e mesmo as escrituras religiosas. A peça então proporciona uma defesa do que é teatral e do que é comumente percebido, em primeiro lugar, como uma contação de história, interessada em querer mostrar que a busca pela verdade está destinada a terminar em frustação. O melhor que se pode esperar "é uma revisão mais satisfatória de uma ficção anterior" (Lonergan, 2012, p. 71, minha tradução). Por conseguinte, o dramaturgo traça paralelos intrigantes entre a mediação da realidade conforme aparece no documentário e as histórias contadas por seus personagens, especialmente por Johnnypateenmike. E ao final a peça revela sua dupla função: a de atacar Hollywood por deturpar a realidade e celebrar o papel do artista contador de histórias que fornece algum alívio para ela.

Sendo assim, neste trabalho de McDonagh, bem como em todos os outros, não há possibilidade de representação do real. O que existe, de fato, são ficções dentro de ficções, realidades dentro de realidades e personagens dentro de personagens. Ao colocar em primeiro plano a teatralidade de uma contação de história é como se "os personagens estivessem o tempo todo conscientes de que estão representando para si mesmos, para uma comunidade e para uma plateia", como se a gama de emoções almejadas devesse atingir um nível "muito além dos registros do naturalismo" (Jordan, 2014, p. 61, minha tradução). Não surpreende então que *O aleijado de Inishmaan*, bem como a trilogia inteira, tenha sido concebido como uma espécie de paródia grosseira do pós-moderno, uma canibalização de um gênero teatral antigo com o propósito de descontruir e, consequentemente, desmitificar o oeste da Irlanda. "Desconstrução" talvez seja o termo mais apropriado para definir as associações e descrições que o dramaturgo-cineasta faz das ilhas Aran. A imagem idílica do lugar e sua maneira de viver são drasticamente desconstruídas e reelaboradas em um mundo teatral caracterizado pela violência, tanto física quanto psicológica, "aparentemente injustificável", praticada por parte de seus personagens que, para muitos críticos e pesquisadores, acabam por se tornar rasos e se assemelhar às figuras estereotipadas das histórias em quadrinhos. Eles também argumentam que "deficiência" é outro termo aplicável à obra do autor, já que seus personagens "foram marginalizados por um discurso, particularmente aquele da globalização", e se tornaram deficientes como "resultado" de um "contexto sufocante" (Gómez, 2016, p. 149, minha tradução).

Seja como for, o traço mais significativo da peça é, sem dúvida, que ela intencionalmente incorporou, de forma crítica e paródica, a tensão implícita que existe entre a cidade e o campo, o representado e o autêntico e, sobretudo, entre o falso e o real, presente nas palavras de recomendação que W.B.

Yeats (1865-1939) deu a J. M. Synge (1871-1909) no encontro histórico que tiveram em Paris, no final dos anos 1890. Yeats, que juntamente com Lady Gregory (1852-1932) fundaria o Abbey Theatre poucos anos depois, disse ao amigo dramaturgo para ir para as ilhas Aran, "viver lá como se fosse um dos nativos" e "expressar uma vida que ainda não havia encontrado expressão" (Saddlemyer, 1982, p. 20, minha tradução). Synge acabou por demonstrar em sua obra uma atitude muito mais complexa em relação às ilhas do que as palavras de Yeats são capazes de evidenciar. Mas a associação das ilhas com uma identidade irlandesa autêntica e o desejo de representar o lugar como uma personificação de tudo que está ausente na cidade permaneceram, e reverberam em tons vibrantes na peça de McDonagh, mesmo que em uma chave satírica e dentro de um panorama globalizado. Ambos os dramaturgos retratam o oeste da Irlanda como um lugar empobrecido e marginalizado, não apenas do ponto de vista econômico, mas também cultural e intelectual. Para eles, "aqueles com talento e ambição" só possuem duas opções: "ir embora ou sucumbir à comunidade" (2016, p. 150, minha tradução). E não unicamente nesses aspectos Synge é uma presença marcante no texto de McDonagh. Como seu antecessor, ele se empenha em reconstruir as elocuções linguísticas e o jeito de falar dos habitantes das ilhas, conhecido como "hiberno-inglês" ou inglês gaélico.

No que concerne à transposição desse dialeto para nosso idioma, a peça de McDonagh ofereceu desafios semelhantes aos que enfrentei quando traduzi *O poço dos santos*, de Synge, para outro volume desta coleção. Mas tanto naquela ocasião como aqui, procurei reproduzir, em uma linguagem padrão, o mais próximo possível, as peculiaridades de enunciação dos personagens, tentando manter as características que conferem singularidade e originalidade à peça. A principal diferença é que as estruturas verbais e escolhas lexicais típicas de Synge são dispostas, de um modo geral, em réplicas bastante longas e com uma pontuação pensada para imprimir um ritmo musical que busca um estranhamento quase impossível de ser reproduzido em língua portuguesa. Essa estranheza também está presente na partitura de McDonagh, mas em *O aleijado de Inishmaan* foi possível preservá-la mais acentuadamente por conta de a musicalidade da peça ser, via de regra, orquestrada em períodos curtos e em geral diretos, o que permitiu com que eu pudesse reproduzir com frequência as inúmeras inversões, repetições e redundâncias recorrentes no texto, sem perder a fluência desejada pelo autor e sem prejuízo para uma compreensão imediata do leitor em português. A expectativa agora é que a publicação desta tradução inédita chegue às mãos de incontáveis leitores interessados em literatura dramática e quiçá alcance os palcos para a apreciação de potenciais espectadores que frequentam o teatro no Brasil.

REFERÊNCIAS

GÓMEZ, M. Isabel Seguro. "Disabling Mainstreamised Representations of Irishness in Martin McDonagh's Leenane Trilogy". *Nordic Irish Studies*, v. 15, n. 1, pp. 141-53, 2016.

GREEN, Blake. "The Doings of McDonagh". *Newsday*, Nova York, 8 mar. 1998.

JORDAN, Eamonn. *From Leenane to L.A. The Theatre and Cinema of Martin McDonagh*. Dublin: Irish Academic Press, 2014.

LONERGAN, Patrick. *The Theatre and Films of Martin McDonagh*. Londres: Bloomsbury Methuen Drama, 2012.

SADDLEMYER, Ann (Org.). *J. M. Synge Collected Works. Plays 1*. Washington, D.C.: Colin Smythe, 1982.

CRONOLOGIA DA OBRA DE MARTIN MCDONAGH

PEÇAS (data da primeira produção)

1996 *The Beauty Queen of Leenane*
1996 *The Cripple of Inishmaan*
1997 *A Skull in Conemara*
1997 *The Lonesome West*
2001 *The Lieutenant of Inishmore*
2003 *The Pillowman*
2010 *A Behanding in Spokane*
2015 *Hangmen*
2018 *A Very Very Dark Matter*
Não produzida *The Banshees of Inisherin*

LONGAS-METRAGENS

2008 *In Bruges*
2012 *Seven Psychopaths*
2017 *Three Billionaires Outside Ebbing, Missouri*
2022 *The Banshees of Inisherin*

CURTA-METRAGEM

2004 *Six Shooter*

SOBRE A ORGANIZADORA

Beatriz Kopschitz Xavier Bastos é membro permanente do Programa de Pós-Graduação em Inglês (PPGI) e vice-coordenadora do Núcleo de Estudos Irlandeses (NEI) da Universidade Federal de Santa Catarina (UFSC). Faz parte do Ulysses Council, no Museum of Literature Ireland (MoLI), em Dublin, e da diretoria executiva da International Association for the Study of Irish Literatures (IASIL). É graduada em Letras pela Universidade Federal de Juiz de Fora, mestre em inglês pela Northwestern University e doutora em Estudos Linguísticos e Literários em Inglês pela Universidade de São Paulo. Desenvolveu duas pesquisas de pós-doutorado na Universidade Federal de Santa Catarina, nas áreas de teatro e cinema irlandês. Foi pesquisadora em University College Dublin, University of Galway e Trinity College Dublin. É também diretora da Cia Ludens, com Domingos Nunez. Suas publicações, como coeditora e organizadora, incluem: *Ilha do Desterro 58: Contemporary Irish Theatre* (2010); a série bilíngue A Irlanda no Cinema: Roteiros e Contextos Críticos — *The Uncle Jack / O Tio Jack,* de John T. Davis (Humanitas, 2011), *The Woman Who Married Clark Gable / A mulher que se casou com Clark Gable,* de Thaddeus O'Sullivan (Humanitas, 2013), *The Road to God Knows Where / A Estrada para Deus sabe onde,* de Alan Gilsenan (EdUFSC, 2015) e *Maeve,* de Pat Murphy (EdUFSC, 2022); Coleção Brian Friel (Hedra, 2013); Coleção Tom Murphy (Iluminuras, 2019); *Ilha do Desterro 73.2: The Irish Theatrical Diaspora* (2020); *Contemporary Irish Documentary Theatre* (Bloomsbury, 2020); *O poço dos santos,* de J. M. Synge (Iluminuras, 2023); e *Luvas e anéis* e *Padrão dominante,* de Rosaleen McDonagh (Iluminuras, 2023). Em 2023, foi cocuradora da exposição *Irlandeses no Brasil,* realizada pelo Consulado Geral da Irlanda, na Biblioteca Nacional no Rio de Janeiro, e recebeu, do governo da Irlanda, o Presidential Distinguished Service Award, na categoria de Artes, Cultura e Esporte.

SOBRE O TRADUTOR

Domingos Nunez é dramaturgo, tradutor, crítico e diretor artístico da Cia Ludens. É graduado em Letras pela Universidade Federal de Santa Catarina (1988), mestre em Dramaturgia Portuguesa pela Universidade de São Paulo (1999), doutor em Estudos Linguísticos e Literários em Inglês pela Universidade de São Paulo e pela National University of Ireland (2003), e desenvolveu um projeto de pós-doutorado em Escrita Criativa pela Unesp/São José do Rio Preto (2017). Entre seus artigos, peças, traduções de peças e roteiros publicados em revistas especializadas e livros, destacam-se: *Quatro peças curtas de Bernard Shaw* (Musa, 2009); *Coleção Brian Friel* (Hedra, 2013); *Coleção Tom Murphy* (Iluminuras, 2019); os roteiros dos filmes *The Uncle Jack* (Humanitas, 2011), *The Woman Who Married Clark Gable* (Humanitas, 2013) e *Maeve* (EdUFSC, 2020); e a peça-documentário de sua autoria *The Two Deaths of Roger Casement* (Bloomsbury, 2019). Para a Cia Ludens, dirigiu *Dançando em Lúnassa* (2004/2013), de Brian Friel; *Pedras nos bolsos* (2006), de Marie Jones; *Idiota no País dos Absurdos* (2008), de Bernard Shaw; *O fantástico reparador de feridas* (2009), de Brian Friel; *Balangangueri, o lugar onde ninguém mais ri* (2011), adaptação de textos de Tom Murphy; *Bailegangaire (2021)*, versão online do texto de Tom Murphy; *Luvas e anéis* (2023), de Rosaleen McDonagh, e, de sua autoria, *As duas mortes de Roger Casement* (2016). Foi curador, com Beatriz Kopschitz Bastos, coordenador e diretor de diversas peças que integraram os cinco Ciclos de Leituras realizados pela Cia Ludens: "*O teatro irlandês do século* XX" (2004); "*O teatro irlandês do século XXI: A geração pós-Beckett*" (2006); "*Bernard Shaw no século* XXI" (2009); "*Cia Ludens e o teatro documentário irlandês 2010-2015*" (2015); e "Teatro irlandês, deficiência e protagonismo" (2023). Em 2013, recebeu a indicação ao prêmio especial da APCA pelos dez anos dedicados ao teatro irlandês e, em 2014, a indicação ao Prêmio Jabuti pela tradução das quatro peças que compõem a *Coleção Brian Friel*.

Este livro foi publicado com o apoio de

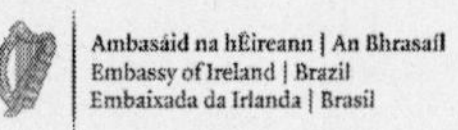

Ard-Chonsalacht na hÉireann | São Paulo
Consulate General of Ireland | São Paulo
Consulado-Geral da Irlanda | São Paulo

A *Iluminuras* dedica suas publicações à memória de sua sócia Beatriz Costa [1957-2020] e a de seu pai Alcides Jorge Costa [1925-2016].